わたしの好きな季語

川上弘美

目次

夏

秋

冬 155

新年 195

装丁・挿画・本文デザイン　鈴木千佳子
本文ＤＴＰ　田中佑加子（ドルフィン）
校正　青木一平
編集協力　神谷陽子

＊初出「すてきにハンドメイド」
二〇一二年四月号〜二〇二〇年三月号

春

日《ひ》永《なが》

季語、というものの存在をはじめて知ったのは、大学生の頃でした。ほんとうは、中学や高校時代の国語の教科書によって俳句というものを知り、それにともなって必ずや季語の存在を学ぶはずなのですが、まあ、授業をぜんぜん聞いていなかったのですね。

大学の図書館で、わたしは「歳時記」という本を発見します。めくると、そこには小説や詩や評論ではなく、見知らぬ日本の言葉が、いくつもいくつも並んでいました。

こ、これは。

「妙な言葉のコレクション」が趣味だったわたしは、狂喜します。「蛙《かわず》の目《め》借時《かりどき》」「小鳥網」「牛祭」「木《こ》の葉《は》髪」「東《あずま》コート」。それまで見たことも聞いたこともなかった奇妙な言葉が歳時記には載っていて、まるで宝箱を掘り出したトレジャーハンターの気分になったものでした。

以来、俳句をつくることはなくても、ずっと歳時記を愛読してきました。そうやって十数年たった頃、ひょんなことからわたしは俳句をつくるようになります。それまで、ガラスケースの中のアンティークのように眺めてきたいくつもの季語を、自分の俳句にはじめて使ってみた時の気持ちは、今でもよく覚えています。百年も二百年も前につくられた繊細な細工の首飾りを、そっと自分の首にかけてみたような、どきどきする心地でした。

「日永」という季語は、文字どおり、日が長く感じられるようになった、という意味をもちます。一年でいちばん日の短い冬至から日がたち、暦の上では春をむかえ、寒さがだんだんゆるんできて、こわばっていた体と気持ちがほとびる今ごろに、昔のひとたちはこの言葉をあてはめました。なんてこまやかな感覚なんでしょう。

春のよろこびをあらわすこの季語がわたしは大好きで、自分の俳句には、たぶんいちばん多く使っています。

永き日や欠伸《あくび》うつして別れ行く

夏目《なつめ》漱石《そうせき》

漱石の句です。あくびをうつされたその瞬間は、きっと時が止まっている。まだ春浅い日差しのもとの、一瞬の永遠、です。

海苔《のり》

さて、突然ですが、ここでクイズです。十二ヶ月に分かれているタイプの歳時記の、二月にあげられている季語の季節は、いつ？

正解は、「春」。暦の上で春を迎えるのは、立春です。そして立春は、たいがい二月の四日か五日。正確を期すならば、四日あるいは五日になる前はまだ「冬」なのですが、歳時記はどうやら先取り主義らしく、高浜虚子《たかはまきょし》のつくった月別になっている『新歳時記』には、「二月（立春即ち二月四・五日以後）」という章立てがされています。

その虚子の歳時記の二月の章をめくってゆくと、「蕗《ふき》の薹《とう》」「水菜」の次に、「海苔」があらわれます。今では一年じゅう海苔はお店で売っていますが、新海苔の季節は、二月の初春の、いちばん寒い頃。今ではもうすたれましたが、明治・大正の頃は、東京でも大森海岸のあたりで、さかんに海苔の養殖がなされていました。「篊《ひび》」という海の中にたてられた木や竹に養殖されている海苔を採るために、海苔舟に乗って冷たい海水に腕をひたす人びとの写真を、大森にある海苔の博物館で見たことがあります。

数年前の二月のことです。千葉の海岸を歩いていたら、岩場で海草を採っている人がいました。「何をしているんですか」と訊《たず》ねると、「海苔を採っているんですよ。ほら、少し沖に養殖をしている井桁《いげた》が見えるでしょう。あそこからこの海岸にも海苔が漂ってきて、岩場に定着する、それを掻《か》き取ってるんですよ。味噌《みそ》汁に入れると、うまいんだ」とのこと。海苔といえば九州の有明《ありあけ》、というイメージが強かったのですが、関東地方でも、小規模ではありますが、今も海苔を作っていることを知り、驚きました。岩場の人が、直売所を教えてくれたので行ってみると、今朝採れた生海苔を販売しているではありませんか。買って帰り、その夜食べてみれば、なんと海の味の濃い生海苔でしょう。この味は、千葉の海の味。そう思いながら、少しだけ深酒をした夜でした。

海苔あぶる手もとも袖も美しき

滝《たき》井《い》孝《こう》作《さく》

海苔を最後にあぶったのは、何年前のことだったか。昭和の頃、ゴマを煎《い》ることと海苔をあぶることは、実家では子供の仕事でした。今夜はひとつ、久しぶりにゆっくりと海苔をあぶってみましょうか。また、お酒が進んでしまいますね。

北窓開く

日本人は、南に向いた大きな窓のある家を好むように思います。窓が小さかったり、北向きだったりする部屋は、家の中でも肩身が狭いふうで、みんなが集まる居間などは、たいがい日当たりがいい。

「北窓開く」という春の季語は、冬の間閉めきっていた北に向かう窓を、春が来たので開く、という意味をもちます。ずっと耐えた寒さがゆるみ、ようやく明るく暖かい空気が北側の部屋にも入るようになった喜びを表しているのです。

冬の季語には、この季語の対となる「北窓塞《ふさ》ぐ」というものもあります。まだ今のように暖房設備の整っていなかった頃には、少しでも暖気が家の中から逃げないように、冬じゅう北の窓を閉じておいたのですね。

実は、わたしはちょっとあまのじゃくなのか、南に大きな窓をとった部屋が、あんまり得意ではありません。まぶしいし、夏は暑いし、それに光が満ちている場所は、なんだか居心地が悪いのです。そもそもの性根が暗いのかもしれません。明るい部屋よりも、奥まった狭い暗い隅を、ついつい好む。

この原稿を書いている部屋も、北東に向いた、日当たりの悪い部屋です。かなり東にふれているので、朝のうちは光が差しそうなものですが、お隣との塀が窓のすぐ前にせまっていて、ほとんど日は当たりません。冬の間は、季語にならって、カーテンがわりのブラインドは細くしか開けず、早い日暮れがきて暗くなると、すぐさまブラインドはぴったりと閉じてしまいます。そして、春になると、これも季語にならい、ブラインドを広く開くようになるのです。

塀と窓との狭い隙間には、ソヨゴという木が植えてあり、春になるとシジュウカラやメジロがやってきます。わざわざこんな暗い狭いところに、と思うのですが、もしかすると小鳥たちも、わたしと同じく、暗い隅が好きなのかもしれませんね。

北窓をけふ開きたり友を待つ

相《そう》馬《ま》遷《せん》子《し》

やってくる小鳥たちは、わたしにとってまさに、この句の中の「友」。小鳥とすれば小虫をついばみに来ているだけなのでしょうが。でも、いいのです。思いこみもまた楽し、です。

絵《え》踏《ぶみ》

「踏み絵」のことは、日本史の授業で、ずいぶんと昔に習いました。キリスト教禁止令の出た江戸時代、キリスト教を信じていない証として、マリア像やキリスト像の描いてある絵を踏ませる、というものです。キリシタンだと判明すると処刑されるにもかかわらず、信者たちは信仰に従って、決して絵像を踏むことはないのです。高校生だったわたしは、当時「そんなにまでして信仰しなければならないキリスト教って、いったい何？」と、懐疑的な気分でいたものでした。それに、キリスト教は偶像崇拝を禁じているんだから、どんどん踏めばいいのに……とまで思っていた記憶があります。通っていた学校がカトリックだったこともふくめ、キリスト教にはなかなかに複雑な思いがあったのです。

今になって考えてみると、当時はそのようにしてまで何かを信じることを必要とした過酷な時代だっただろう、ということは見当がつくのですが、それだけに、信仰の対象となる絵を踏ませる、という異様なおこないには、背筋がこおります。「踏み絵」というのは踏む絵像そのものをさす言葉で、踏む、というおこない自体は正確には「絵踏」と呼ぶのだということは、この原稿を書くにあたってはじめて知ったのですが、そもそも「絵踏」が季語になっているということにも、衝撃を受けたわたしです。

旧暦の一月、隠れキリシタンの多かった九州地方では、奉行所などで絵踏をおこなうのが、季節の習いだったそうです。ことに長崎では、最終日の一月八日に丸山遊郭の遊女たちが美しい衣装をまとって絵踏をおこない、たくさんの見物客でにぎわったとか。隠れキリシタンたちが処刑される可能性のある場だ、ということと同時に、遊女たちの華やかさを楽しむ場でもある、というこの季語、生と性と死との結びつきを色濃くうつしだす、なかなかに恐ろしい季語ではあります。

傾《けい》城《せい》の蹠《あなうら》白き絵踏かな

芥川《あくたがわ》龍《りゅう》之《の》介《すけ》

「傾城」とは、もともと「城を傾けてしまうほどの美人」のこと。同時に遊女もさす言葉です。芥川龍之介が生まれた頃には、すでに絵踏はなかったはずですが、実際に絵踏をおこなっていた時代はごく近かったのですね。なんとも重いこの季語、現代の歳時記には、もう載っていないことも多いようです。

田《た》螺《にし》

みなさまは、田螺を実際に見たことはありますか？　あるいは、食べたことはありますか？　わたしは、ありません。田螺と近縁の「蜷《にな》」という、やはり淡水に住む、田螺よりも細長くて小さな巻き貝は、神奈川県のはずれに住んでいた頃に側溝などでしばしば目撃したものでしたけれど。

田螺は、田んぼの泥の中を這《は》う貝、春の季語です。田仕事とは無縁の、都市の子供だったわたしとは、縁遠いものでした。だからかえってでしょうか、歳時記に派生季語として載っている「田螺あえ」を、若い頃から、一度は食べてみたいと思ってきたのでした。

田螺という貝は、生殖的に、少し変わった貝です。貝は一般に、卵を体外に産むものですが、田螺は、卵胎生といって、体の中で卵をかえし、小さな貝にしてから産みます。もう一つ、田螺の雄は、ふつうに卵子と受精する精子とは異なった型の精子、すなわち異型精子とよばれる精子をもつのです。こちらの精子は、受精はできないそうですが、受精する精子を助ける役目をもつ、とも言われています。手塚治虫《てづかおさむ》の博士論文は、この田螺の異型精子に関するものだったとか。実はわたしの大学卒業論文も、ウニの精子の運動性についてでした。敬愛する手塚治虫の論文と、「精子」という部分でつながっていることが、そこはかとなく嬉《うれ》しい（微妙なつながり方ですが……）。

田螺は、田んぼのさざえ、とも言われます。それほどにおいしいのですね、きっと。また、この原稿を書くにあたって知ったのですが、日本のある地方では、お見合いの時には必ず田螺のお味噌汁を出すそうです。それからまた、田螺の肉の粉末を旅に持ってゆき、旅先の水に混ぜて飲むと、場所の違う水でもあたらないという言いならわしがある、ということも知りました。田螺、いろいろ、すごいです。

戸をあけて田螺の国の静かな

村《むら》上《かみ》鬼《き》城《じょう》

田螺の国、という言葉が、なんとも情趣豊かです。田螺を多くひそませた田んぼのあるお国どころ。決してはなやかではない田螺ですが、滋養に満ちた実直な食べものであり、それを大切にはぐくむ人びとの暮らしが目の前に立ち上がってくる句ではありませんか。

雪《ゆき》間《ま》

「雪間」、という言葉を見て、みなさまはどんな光景を思いうかべますか？

最初にこの季語を知った時、わたしは「雪が降りしきる合間に、一瞬雪がやんだ、その時のこと」だと思っていました。

でも、違うのです。雪間、とは、積もった雪が溶けはじめて、地面がまだらになっている状態のことなのです。積もっているのが土の上ならば、白と茶色のまだら、アスファルトの上ならば白と灰色のまじった状態、ということになります。つまり、雪がずっと降り続けている雪国の真冬には、この季語は使えないのです。冬が過ぎ、少しずつ雪が溶けてきつつある時期の季語といえましょう。

たまにしか雪が降らない場所ならば、真冬でもこの状態はあるのではないですか、と、俳句の先輩に聞いたことがあります。けれど、彼女の答えは、「いいえ、雪間は春の季語なのよ」でした。「長い間雪が積もっていた場所に、ようやく春が来て、根雪が溶けてゆくときの、そのうれしさとほんの少しのさびしさをともなった言葉なんじゃないかな」とも。雪国育ちでない自分には、この季語の芯のところはなかなか理解できないのだろうと、その時強く感じたものでした。

歳時記に載っている季語のすべてを体感することは、とても難しいことです。現代ではすたれてしまった風物や習俗もありますし、それに、たとえ現代的にみえる季語だとしても、たとえば沖縄に住む友だちは、冬の季語がなかなかうまく使えないと言います。反対に北海道の友だちは、道内で桜が咲く季節には、本州で初夏に開く花も一緒に咲くので、歳時記の桜の感覚と北海道の桜の感覚は、微妙に異なるのだと言います。

季語は、その言葉の表面の意味だけをあらわすものではありません。言葉の背後にある感情や記憶、歴史的な意味や場所の連想などの、全部をふくむものなのです。だからこそ、俳句という短い詩の中で、多くのことをあらわすことができるともいえましょう。

トラックが婆拾ひ去る雪間かな　上《うえ》田《だ》五《ご》千《せん》石《ごく》

鮮やかな一瞬の、この句の「雪間」の感覚を、やはりわたしは真にはわかっていないかもしれませんが、理解しづらいことを想像するのもまた、俳句の楽しみの一つなのです。

春の風邪

高浜虚子のつくった歳時記を読むと、「春の風邪」という季語について、こんなふうに書いてあります。

「冬の風邪と違って、春の風邪といえば何となく艶っぽい」

病気なのに艶っぽい、というのは、わからないようでいて、実は少しわかるような気がしませんか？　そういえば、「目病みおんなに風邪ひきおとこ」という言葉もあったような。目をわずらっているおんなと、風邪をひいているおとこは、色っぽい。そんな言葉を知ったのは、たしか学研で発行していた「学習」という雑誌の、ことわざ・いいまわしコーナーで、でした。小学生向けの学習雑誌に、こんなどきどきする言葉が載っていていいのかなと喜びながら読み、今もしっかり覚えているわけです。

いっぽうで、春になってからひく風邪は、たとえば冬の風邪にくらべて熱はさほど高くなくても、なかなかに体にこたえるような気もします。そもそも冬を越す、ということ自体が、体にこたえているのです。寒くて、乾燥していて、ウイルスが増えやすい環境でもあり、体はかたまりがちで、ともかくこの寒さを乗り切るのだ、と、心身共にがんばるのが冬という季節なのです。

ようやく春を迎え、こわばっていた体と心がほぐれはじめ、すると、おさえていた冬の間の疲労が、どっと吹き出します。だから、春の風邪はとろんと艶っぽくもあるけれど、風邪ひき本人にとっては、案外つらいものなのではないでしょうか。たとえば、高い山をのぼっておりてきたところで、地面の小さな穴につっかかってころんでしまったような感じで。すでに体力や余力が残っていないので、ひどくころんだわけでもないのに、身にこたえるのです。

と、春の風邪のつらさをこうして書きたてたのは、わたしが春に風邪をひきやすいからかもしれません。花粉症が始まる春には、鼻がつまって口をあけたまま眠るので、すぐに喉《のど》をやられて風邪っぽくなってしまうのです。そしてこの場合の春の風邪は、鼻づまりの鼻たれで、まったく艶っぽくないのですよね。

春の風邪あなどりあそぶ女かな

三《み》宅《やけ》清《せい》三《ざぶ》郎《ろう》

ものの芽

「ものの芽」とはまた、不思議な響きの言葉です。春に萌え出る植物の芽のことをさす季語ですが、たとえば「牡丹《ぼたん》の芽」「菖蒲《しょうぶ》の芽」「桔梗《ききょう》の芽」などという植物名を明らかにした季語も、同時にあるのです。「ものの芽」とは、もっと漠然とした、そこらへんの名前も知らないような木々や草ぐさも含めた芽の総称、というような感じでしょうか。「ものの」と、いっしょくたにされているところが、わたしは好きなのです。立派にかこってあったり、肥料をたくさん与えられて咲き誇るだろう花々や木々だけではなく、道ばたや雑木林や路地のかたわらに生えているふうな、ふだんは目をとめることもない植物の芽も全部、仲間として並んでいるのです。どれも、たしかにふくらんで色づいていて。

もしかすると、こういう「その他」の感じの植物が好きなのは、自分の家の庭をあまり手入れしていない引け目からくるのかもしれないと、この文章を書いていて気がつきました。うちの庭は、そりゃあ、だめな庭なのです。ごくごく狭い、庭ともいえないようなものなのですが、そこに生えているのは、何本かの灌木《かんぼく》。そして、地面に近いところには、クリスマスローズや水仙、クロッカスなどがきれいに咲くはずなのですが、手入れが悪いためか、クリスマスローズはめったに咲かず（そのかわり葉っぱは、いやにあおあお茂って、違う獰猛《どうもう》な植物のよう）、水仙はひょろひょろ、クロッカスも葉っぱだけとなりはて、雑草ばかりが生き生きとひろがってゆくばかり。たまに灌木の伸びた枝を刈り込めば、へんなかたちの得体のしれない縮こまった茂みに変貌してしまう……。

だから、ものの芽。植えた時には堂々とした名をもち、それらしく咲いていた植物が、いつの間にか得体のしれない漠然としたものに変化してしまった庭をもつ身としては、「そこらへんのよくわからない」という雰囲気のものにも、ちゃんと名前をつけて愛でているこの季語が、自分に味方するように感じられて、嬉しくなってしまうのでした。

物の芽のほぐれほぐるる朝寝かな

松《まつ》本《もと》たかし

朝寝をしているうちに、ものの芽がほぐれてきた、という句です。朝寝の間という短い時間に、固くつぼんでいた芽が広がって芽吹きとなる。春は、そんな季節です。息苦しいほどの生命力が形を得た瞬間を描きながら、のんびりさもあるこの句、大好きです。

わかめ

そのお店は、東京の五日市街道ぞいにありました。「外道屋《げどうや》」というめだたない看板が表の竹垣にかかっている平屋づくりで、入りぎわには質素で小さな庭がつづき、踏み石をふんでゆくとすぐにがらり扉に行き当たります。

お店が開くのは夕方からで、昼間には竹垣の竹に、さざえやあわびの殻をひっかけて干してあったりしました。扉をあけて入ると、民家を改造したとおぼしき店内にはカウンターと小上がりがあり、奥にも部屋がいくつかあるのですが、小上がりや奥の部屋に誰かがいるのを見たことはありません。

「外道屋」という名のとおり、そこは釣りでは外道とされている魚をあつかうお店でした。恰幅《かっぷく》のいいご主人が板前さんで、小柄で元気のいい奥さんがお給仕さん。ご主人が釣ってきた「外道」の、へんな顔をした平たい魚や、きょとんとした顔のあつぼったい魚などを、ていねいに料理して出してくれました。

そのお店ではじめて食べたのが、わかめのしゃぶしゃぶだったのです。

春の浅いころ、まだ大きく育っていないわかめを、出汁《だし》でもない、ただのお湯にさっと通して、薄味のポン酢で食べるのです。

黒っぽかったわかめが、お湯をくぐらせたとたん、ぱっときれいな緑に変わる、あの瞬間。そして、それを口に入れたときのなんともいえない柔らかで優しい味。

驚きました。わかめって、こんなにたおやかな味わいをもつものだったんだ！

名前にひかれて、最初は冒険に乗り出すような気持ちで入った「外道屋」。何回か行くうちにすっかりファンになって、けれどまたしばらく行かないでいて予約の電話をかけたら、「現在は使われておりません」というアナウンスが流れるばかり、知らぬ間にお店はなくなっていたのでした。

膝ついて束ねる若布《わかめ》月あかり

宇佐美魚目《うさみぎょもく》

わたしよりずいぶん若かった板前さんと奥さん。元気でいるのかなと、新わかめの季節になるといつも思います。もしどこかの町で「外道屋」というお店を見つけたら、教えてください。もしかしたら、その町の海が好きで、移住したのかもしれないから。

針《はり》供《く》養《よう》

折れたり曲がったりして使えなくなった針を祀《まつ》る行事。それが、「針供養」です。といっても、わたしは実際に針供養をおこなったことはありません。俳句をつくるようになってから知った言葉です。折れた針を神社（なかでも淡島《あわしま》神社が有名だそうです）に納めたり、あるいは、豆腐やこんにゃくなどに刺す、というかたちのものもあるようです。

このエッセイを連載している「すてきにハンドメイド」の読者のみなさまにとっては、針仕事は身近なものでありましょう。お裁縫箱の中にはきっと、さまざまな長さや太さの針、はさみ、指ぬき、チャコペンシル、まち針、はぎれ、巻き尺などが、きれいに収められているにちがいありません。その昔は、子供のサブバッグやお弁当入れ、体操服袋などを作ったものですが、子供が育ってしまってからは、ボタンつけくらいしか、しなくなっているわたしです。でも、お裁縫の道具って、なんとなく、わくわくします。ドールハウスを眺めるのが、わたしは大好きなのですが、お裁縫箱の中身は、ドールハウスのわくわくと似た喜びを与えてくれるような気がします。

今わたしが使っているのは、ずいぶん昔の小さなお裁縫箱。離婚した元夫の、母が使っていたものです。結婚した時には、すでに義母は亡くなっていて、彼女の形見のお裁縫箱を、わたしが引き継いだのです。昔ながらの日本のお裁縫箱で、うわぶたは、観音開きになっていて、いちばん上の段には作りつけの針刺しといくつかの仕切りがあります。元から入っていた裁ちばさみの横には、自分の持ってきた和ばさみと中学の頃から使っている指ぬきを置きました。二段めの引き出しには、和裁に使うとりどりの糸があったので、これも持ってきたミシン用のカタン糸を一緒に並べ、三段めにはしつけ糸とボタン類を入れました。

離婚にあたって、本棚のほかはほとんど何も夫のもとから持ち出さなかったのですが、このお裁縫箱だけは、持って出ました。世間的な価値のあるものではないのですけれど、手になじんでしまったものなので、置いてこられなかったのです。一年に数回、箱を開くとき、いつも少し胸が痛みます。

昼月の淡島さまや針供養

赤《あか》星《ぼし》水《すい》竹《ちく》居《きょ》

すかんぽ

去年（二〇一二年）の十二月に、ロシアに行ってきました。

ロシア文学者である沼野《ぬまの》充義《みつよし》さんと、モスクワで開かれているブックフェアーで対談をしたり、ロシアの俳句愛好者たちと交流したり、サンクトペテルブルク大学で日本語を学んでいる学生たちと対話したり、してきました。

ちょうど、はじめての本格的な降雪の日に、モスクワ到着。まだスノータイヤをはいていない車が、道路の端っこの雪だまりにつっこんでいたりして、街はほんの少し混乱ぎみ。そして、一冬じゅうセントラルヒーティングで暖まっているという室内も、まだ本格的暖房のしはじめで、ほんのちょっぴり寒くて。

ロシアの人と時間を過ごすのは、生まれてはじめてのことでした。いったいどんな人たちなんだろう。少しばかり、不安でした。けれど数日を過ごすうちに、「なんだか、知っている人のうちの何人かに、似ているなあ」と思うようになりました。いったい、誰に？

しばらくして、思いつきました。そうだ。知人の、長野生まれの人と、福島生まれの人と、北海道生まれの人に、似てるんだ！　北国の人たち。口が少し重くて、忍耐づよくて、真面目で、そして底に澄んだ明るさをもつ人たち。自分が自分が、と人の前に出てゆくことをせず、けれど最後まで粘って決してあきらめない人たち。それが、わたしの知っている、長野と福島と北海道の人たち、そしてまた、新しく知り合ったロシアの人たちに共通する印象だったのです。

驚いたのは、ロシアの俳句愛好者たちの真面目さと熱心さ。それまで、いくつかの国の俳句愛好者と話をしてきましたが、ロシアの人たちほど「切れ」や「季語」や「俳句としての韻律」に真摯《しんし》に向き合っている人たちは、はじめてでした。もう一つ、ロシアの食堂で「すかんぽのボルシチ」を見つけた時にも、びっくりしました。ビーツのかわりにすかんぽがたくさん入っている、コンソメ味のすっぱいスープでした。

すかんぽや人が通れば泣きやむ子

青《あお》木《き》稲《いな》女《じょ》

ロシアにも、きっとこんな子供がいるに違いありません。帰国してからロシアの地図をじっと眺めたら、ほんとうに、日本とロシアって、すぐお隣さんなのでした。

目《め》刺《ざし》

目刺の固いやつが、少し苦手です。食べるのが下手で、口の中に傷をつくってしまうからです。でも、いわしの味は大好き。いわしの塩焼き。新鮮なしこいわしを開いてお刺身にしたもの。いわしの梅煮。どれも、安価なのになんておいしいんだろうと、食べるたびに嬉しくなります。昔は、アンチョビーがいわしだとは知らなくて、ある日その正体がいわしだと知った時には、遠いヨーロッパの人に親近感をいだき、その親近感について書いた手紙を瓶に入れて海に流したくなったりもしました（感激の表し方が、どうしてこうねじくれているのか、自分でも不明）。

オイルサーディンのあの四角い缶をあけ、缶を直接火にかけ、ぐつぐつしてきたところでおろし、レモンをしぼって食べる、という料理法を知ったのは、森瑤子《もりようこ》のエッセイによってでした。なんてお洒落《しゃれ》な食べ方だろうと驚き、おまけにたいへんに簡単なので、しょっちゅう作りたかったのだけれど、オイルサーディンの缶づめはなかなかに高価だったので我慢したのは、ずいぶん若い頃のこと。オイルサーディンに関しては、ある時解決がつきました。雑誌に、手軽なオイルサーディンを作る方法が載っていたからです。その方法とは、**1** 柔らかめの目刺丸干しを買い求める、**2** 沸騰したお湯に入れ、弱火で二十分ほどゆでる、**3** 水気をきり、漬かるくらいのオリーブオイルの中に入れ、数時間おく。以上。丸干しの目刺は安価なので、思うさまオイルサーディンが作れ、これをフライパンでぐつぐつ煮れば、森瑤子ふうのサーディンも食べほうだいというわけです。ただし、いくらでも手に入るとなると、不思議に執着は消えるもので、何回か思いっきりオイルサーディンぐつぐつを作ってしまってからは、ほとんど食べなくなってしまったのは、人間のあまのじゃくな性《さが》というものでしょうか。

木がらしや目刺にのこる海のいろ

芥川龍之介

この句には、二つの季語があって、それは「木がらし」と「目刺」です。句自体の季節をあらわす主季語は冬の「木がらし」ですが、そこに「目刺にのこる海のいろ」という春の季語の描写が重なると、春の到来をはっきりと感じさせます。おいしそうで、でもせつなくもある句、目刺を料《りょう》る時には、必ずとなえてしまう句です。

朝寝

朝寝は、大好きです。春になって、ふとんの中とふとんの外の暖かさが冬ほど違わなくなり、ぬくぬくと朝寝の時間をむさぼる。天国です。

ところが、この前若い友人と喋《しゃべ》っていたら、若い友人は「朝寝」と聞いたとたんに、顔をくもらせるではありませんか。

「大人の朝寝はね、たしかにいいものですよ。ぽかぽかしてきたこの頃なら、もう、いくらでも寝ていたいのは、よくわかります。でもね」

友人はつづけます。

「あかんぼの朝寝。これ、困っちゃうんです。せっかく規則正しい生活をさせようと、夜はちゃんと早く寝かしつけて、朝は七時に起こして、それで、ミルクや離乳食をやって……、でもそのあと一時間くらいたつと、うちの子、ころんと眠っちゃうんですよ」

ころんと眠っちゃう、の、当のその子供は、生後八ヶ月です。ふっくらしたほっぺたに、小さな小さな手。すぐそこのフローリングの床にうつぶせにつっぱり、お気に入りの機関車のおもちゃを、がじがじ噛《か》んでいます。

朝寝して、昼寝して、へたすると夕寝もして、そうするともう夜はなかなか眠ってくれないし、かといって朝寝しないと、お昼を食べる前からぐずぐずしだしてろくにお昼を食べないままに長い昼寝に突入して、また一日のリズムが狂っちゃうし……。

そうだったなあと、遠い国のことを思いうかべるように、わたしは思い出します。目が回るような育児の忙しさの中での、あのこと、このこと。あかちゃんって、こっちの思うようになってくれないんですよね。眠ってほしいと思うとぱっちり目を開けるし、眠ってほしくない時にかぎって、大きな人形みたいにぐったり首をおって眠りこけてしまう。

あらうことか朝寝の妻を踏んづけぬ

脇《わき》屋《や》善《よし》之《ゆき》

そういえば、「起きたら、あれをして、これをして、それからその後こうして……」などと考えずに、まったくの無の境地で寝坊したことなんて、大人になってから、あったでしょうか。この句の朝寝妻、なんだかあかんぼうのごとき無為な存在です。無為って、実は、とてもぜいたくなことだったんですね。

木《もく》蓮《れん》

いつもの散歩コースの途中にある家のお庭には、大きな白木蓮の木があります。桜が咲くよりも少し前、梅が咲いた少しあとに、白木蓮のつぼみは、ふくらんできます。ある時、あれ？　と思いました。白木蓮のつぼみが、みんな同じ方向を向いているのです。つぼみって、同じ方向を向いているものだったっけ。そんなことを、今までに気にしたことはなかったので、以来花のつぼみを注意して観察するようになりました。

日当たりの悪い場所に生えている草花のつぼみが、光を求めて特定の方向に伸びていることは、たまにありました。けれど、まんべんなく日の当たるところに植えられている植物のつぼみは、さまざまな方向を向いています。くだんの白木蓮は、よく日の当たる場所に生えています。それなのに、やっぱりつぼみは、一方向に向かっているのです。

仕事の打ち合わせをしていた編集者に、雑談のつもりで、話してみました。すると驚いたことに、彼女はこう教えてくれたのです。

「木蓮は、コンパスフラワーといって、つぼみの先が必ず北を向くんです。山で迷った時などに、とっても役に立つはずですよ」と。

いや、山で迷う機会はたぶんないから、とその時は笑って終わったのですが、以来「コンパスフラワー」という名前が、ずっと記憶に残っていました。

その翌年、あらためて白木蓮の花が北を向いているかどうか、磁石で調べてみました。向いていました！　ほんとうに、コンパスなのでした。

木蓮や母の声音の若さ憂し

草《くさ》間《ま》時《とき》彦《ひこ》

ちなみに、ただ「木蓮」というと、紫色の花のものをさします。白いものは、「はくれん」「白木蓮」と呼び、紫の木蓮とは同属ですが、異なる木だそうです。白木蓮は、たおやか。木蓮は、少しだけデカダン。そんなふうに感じます。ふくみの多い草間時彦のこの句に、紫の木蓮は、ぴったりです。

飯《いい》蛸《だこ》

身の中にいっぱいの卵を持っている、小さな蛸。それが飯蛸なわけですが、この飯蛸、東京のスーパーマーケットなどでは、あまり見ないような気がします。ことに、わたしが小さかった頃——それはすでに、半世紀も前のことです。ああ——の東京では、飯蛸はスーパーにはもちろん、専門の魚屋さんにもまったく並んでいなかったので、わたしはその存在も知りませんでした。

もう少し時がたち、食べもののことを書いたエッセイなどで「飯蛸」というものを知ってからは、一度でいいから食べてみたいものだ、料理をしてみたいものだと、ずっとあこがれつづけました。

はじめて飯蛸を食べたのは、関西に住んだ時です。なんと、近くの生協のスーパーで、飯蛸を売っているではありませんか。これはもう、買って料理してみるしかない。決意し、買い求めたのはいいのですが、これとて三十年以上前のこと、今の時代のようにクックパッドを気軽に見ることもあたわず、しかたなく本屋さんで料理本の立ち読みをして、飯蛸料理の方法を心の中にメモしたものでした。

　甘辛く煮つけた飯蛸は、たしかにその身の中にぎっしりと卵を持っていましたが、はたして自分の料理したそれがおいしいのかそうでないのかは、判然としませんでした。そもその「飯蛸料理」の基準が、わかっていなかったのです。

　関東育ちの人間が関西のスーパーで感激するのは、飯蛸だけではなく、ふぐの皮の湯引きや、鱧《はも》皮きざみなどを売っていることでした。なんと豊かな土地なのだろうと、びっくりするやら大喜びするやら。で、こちらも見よう見まねで「鱧きゅう」や「ふぐ皮ポン酢」を食卓に出したものですが、やはり味に関しては判然とせず。でもまあ、いいのです。人間、挑戦することが大事、ということで。

夕澄みて飯蛸泳ぐ舟のうち

堀《ほり》口《ぐち》星《せい》眠《みん》

　この句は、おそらく飯蛸漁のことを詠んだものです。捕まえた飯蛸を舟の生け簀《す》に放つと、ゆらゆらと泳ぎだすその景色が、澄んだ夕べになんとよく合っているではありませんか。けれど、この飯蛸らはじきに食べられてしまうのです。春の哀切、でもあります。

馬《ま》刀《て》

前回につづいて、食べものの季語です。いや、食べもの、と判断するのは人間の都合ですね。前回の「飯蛸」も、今回の「馬刀」も、歳時記の分類では「動物」。自分がそれらを食べるからといって、ひとくちに「食べもの」として処理しては申し訳ない、でした。

さて、「馬刀」です。馬刀貝は、海岸の砂地にすむ二枚貝です。細長い独特の形をしていて、砂地にあいた小さな穴の奥にいます。馬刀貝を獲る時には、その穴に塩を入れると、びっくりして穴から出て来る、そこを静かに引っぱりだす、と聞いたことがあります。

前回の飯蛸と同様、馬刀貝をはじめて食べたのは、大人になってからでした。和歌山の海辺の居酒屋さんでした。煮つけにしてあった馬刀貝は、さっぱりとしたなかにもこくのある味で、何よりも、その形が面白かった。こんな、小さな竹のような殻に入っている貝があるなんてと、びっくりした記憶があります。

以来、馬刀貝を食べる機会はなかなかめぐってこなかったのですが、先日、久しぶりに馬刀貝を食べました。なんと、パリで、です。わたしの小説を翻訳してくださっているフランスの出版社の社長さんとその娘さんが、「フランスならではの海の幸を」と、一夜、夕飯をごちそうしてくださったのです。まずは、山ほどの生牡蠣《なまがき》。それから、魚のスープ。そして最後に、貝のバター焼きです。

「クトゥー」という単語を、娘さんはしきりに口にします。通訳の方は、訳しあぐねています。「えーと、なんて言うんだったっけなあ、日本語が出てこない……」と、しきりに首をふっている。いよいよその貝が出てきたら、おお、馬刀貝だった、という次第です。

日本で食べた時の馬刀貝は、長さ十センチほどでしたが、パリの馬刀貝はもう少し長細く、味つけはエスカルゴふう。和歌山で食べた時とはずいぶん違う印象でしたが、それはそれですてきでした。

蛤《はまぐり》の上に一把や馬刀の貝　　松《まつ》瀬《せ》青々《せいせい》

　さまざまな貝の獲れる春の海。バケツにずっしりと重なった蛤の上に、馬刀貝がひとつかみ、かろやかに置かれているのです。蛤も馬刀貝もたっぷりと育ってゆく豊かな季節を詠んだこの句、貝掘りたちの上にふりそそぐ春の光がみえるようです。

躑躅《つつじ》

つつじは、わたし、少しこわいのです。

かっちりとした正しいかたちの花が、どれも狂いなくきちんと咲いているのを見ると、思わず「すみません」と謝りたくなります。

その花が、いっせいにびっしりと咲くのも、こわい。葉っぱが毛深い感じなのも、こわいし、灌木として茂っている全体が丸く刈り込まれがちなのも、こわいのです。いちばんこわいのは、濃いピンクのつつじ。あのつつじ色のくちべにをいつも塗っていた先生がいて、しょっちゅう叱られていたことも関係しているかもしれませんが、いやいやそうではないな、その先生に教わる前から、濃いピンク色は本能的にこわかった。赤いつつじは、ピンクのものよりはこわくないのですが、赤とピンクのつつじがまじりあってびっしり繁《しげ》っていると、ピンク一色よりもこわくなる、という効果は、いったいどういうわけなのか。

日の昏《く》れてこの家の躑躅いやあな色

三橋《みつはし》鷹女《たかじょ》

実家の庭には、つつじが四本植えられていました。濃いピンクのものが二本、白いものが二本。ピンクのつつじには、わたしは絶対に近づきませんでした。狭い庭だったので、行動が制限されて、とってもいやでした。どうして母はつつじなど植えたのだろうと、いつも内心で思っていました。けれど、後年、家を建て替え、狭くなった庭のために植物を整理した時に、なぜだかつつじは全部なくなったのです。

この原稿を書いている途中で、思いたって母に電話をし、つつじがなくなった理由を聞いてみました。

「おばあちゃまがどんどん買ってきて植えちゃったのよ。私は嫌いだったんだけど、若いころは言い出せなくてね。でも、家を建て替えたころには、もうおばあちゃまが口だしできないくらい私も強くなっていたというわけ」とのことでした。

すると、わたしがつつじをこわがるようになった原因は、実は、子供ごころに感じとっていた、母と祖母との嫁姑関係のトラウマ?!　五十年近くたって明かされたこの真実。つつじ自身に責任はなかったんですね。ごめんよ、つつじ。

落し角《づの》

奈良へ行ってきました。

春日《かすが》大社の祭神さまが、その昔鹿に乗ってこの地にいらしたと伝えられ、あがめられてきたためか、奈良の鹿は人なつっこくて、鹿せんべいなどやろうものなら、恐れげもなくずいずいとやってきます。

四月になると、雄鹿の角は自然に落ち、初夏にはまた新しい角が生えます。それまでは大きな角を頭にはやし時には角つきあっていた雄たちも、さっぱりと散髪をしたような丸い頭となるのです。

春日大社と隣りあう飛火野《とびひの》の一角に、「鹿苑《ろくえん》」という、鹿のための施設がありました。何頭もの鹿たちが、広々とした敷地に放たれており、柵ごしに鹿たちを見ることができます。鹿に関する言い伝えや、保護の実態などが展示されており、こんな「鹿クイズ」も。

Q　もしも、鹿をひいてしまったら。

A1　罰金を支払う　**A2**　奈良の鹿愛護会に連絡する　**A3**　毎晩夢に鹿がでてくる

Q 夜、光があたると鹿の目が光るのはなぜ？

A1 光を利用して物をよく見るため　**A2** 自分の居場所を知らせるため　**A3** 目からビームを出すため

正解は、共にA3……ではなく、順にA2とA1なのですが、あったらいいですよね。鹿ビーム。ぜひ目撃してみたいです。

ちなみに、鹿せんべいの材料は、米ヌカとのこと。一度ぐらい鹿せんべいを食べてみたいものだと思っていたのですが、米ヌカなのか……。

角落ちて小さくなりぬ鹿の顔

吉田渭城《よしだいじょう》

その夜は、猿沢池《さるさわ》のほとりの、ひっそりと提灯《ちょうちん》をともす飲み屋さんに、行ってきました。ぬる燗《かん》の「春鹿」で杯を傾けつつ、数年ぶりに会った友人とゆっくりお喋りを。鹿、好き？　と聞くと、うーん、と友人。若い頃、鹿に大事な手紙を食べられてしまったのだと、友人は顔をしかめるのでした。手紙は、初恋の人からのものだそう。もう五十年くらい昔のことだから時効だけどね、と友人は笑っていました。

春菊

小説家って、ファンレターはどのくらい来るものですか。ときどき、聞かれます。

よその小説家は知らないのですが、新聞や雑誌に載った文章を読んでわたしに手紙をくださる方は、とても少ないです。たぶん、一年に、数通くらいです。

でも、ただ一回だけ、いっぺんに十通以上のお便りを、ある日書いた一本の新聞エッセイに対していただいたことがあるのです。それは、「わたしは、なごやかに人と囲むお鍋が苦手です」という内容のものでした。みんなで囲む鍋料理。というものが、なにしろ不得意なのです。いつ何が煮えていて、誰がどんなものを食べていて（あるいは、いなくて）、火の調節はどうで、最後にご飯あるいはうどんを投入するのはどのタイミングで……と、ともかく落ち着かないことこのうえない。では、みんなで「囲む」のが不得意でも、一人鍋ならばどうなのか。いやいや、それも不得意なのです。だって、どんどん煮えてしまって、どんどん食べないと煮詰まってしまう。こちらもやはり、落ち着かないことこのうえない。

こんなことをカミングアウトしてしまって、「カワカミはなんて冷たい、人となじまない人間なんだ」と弾劾《だんがい》されるのではないかと、掲載日までひやひやしていたのですが、ふたをあけてみれば、「わたしも」「ぼくもです」「自分も」という、賛同のお便りが多数。おお、世の中には鍋ものが苦手な仲間がこんなに、ああよかったと胸を撫《な》でおろし、ますます鍋をすることが減りました。以来、鍋料理は三年に一回くらいしかしません。

鍋をしなくなると、とたんに買わなくなるのが、春菊です。春菊のおひたしという料理法もあるのですが、おひたしにする緑のものとなると、なんとなく小松菜やほうれん草を先に手に取ってしまう。

春菊や袋大きな見舞妻

石田《いしだ》波郷《はきょう》

春菊は、地中海沿岸原産だそうです。あの独特の匂いと苦みからして、東洋的な野菜だと思いこんでいたので、知った時には驚きました。この句は、肋膜《ろくまく》炎で入院していた波郷が、病院に来た自分の妻について詠んだのか、あるいは、同室の男の妻なのか。大きな袋が長期入院を示唆していますが、不安な入院の中にも、ぽっかりと明るい空気があるのは、春菊が遠く地中海から連れてきてくれた光のためだったのかもしれませんね。

入学

先日、公開対談をするために、久しぶりに大学に行きました。自分の卒業した大学ではなく、もっと大きな、留学生もたくさん在籍している大学です。

対談が終わり、対談相手の先生、お手伝いしてくださった編集者、学生さんたちをむかえて、近くのビヤホールでささやかなお疲れさま会が開かれました。

これを読んでいらっしゃるみなさんは、このような「歓談」の時間に、どんなことを話題にしますか？　わたしはもともと、あまり知らないひとと同席するのが昔は不得意で、そういう折には、緊張のあまりうわずって喋りすぎるか、反対にむっつりと黙りこんでがぶがぶお酒を飲むかのどちらかと決まっていました。帰り道、自分の処世のへたさ加減にげんなりして、帰るなり布団をひっかぶって、妙なことを口走ったことと飲み過ぎたことにうめく、という、まあ自意識過剰な日々を過ごしてきたわけです。

このごろはけれど、初対面のひとたちと同席するのが、以前ほど苦手ではなくなったのです。年をくってきて面の皮が厚くなったためでもあるし、無理に話すよりも同席のひとたちの話に耳を傾けるほうが楽しい、ということがわかってきたからでもあります。

今回のお疲れさま会でも、幾人もの留学生のひとたちがいろいろな話をしてくれました。ウズベキスタン生まれの、姿勢のいい女の子。ポーランドの、生き生きした表情の女の子。中国から来た、日本人よりも日本語が堪能でクールな男の子。台湾出身の、少しひっこみじあんな女の子。かれらの話の、なんと興味深かったことか。日本に来ることとなった理由もさまざまなら、勉強している内容もさまざま。恋愛の話も、聞きましたよ。どんなタイプが好み？　という話題では、大いに盛り上がりました。お国柄、というものはやはりあるようで、「アグレッシブさ」がいちばん大事派と、「繊細な心」がいちばん大事派の、まっぷたつに分かれたことでした。

入学児に鼻紙折りて持たせけり

杉《すぎ》田《た》久《ひさ》女《じょ》

どの留学生も、昔は折った鼻紙を親に持たせてもらうような幼子だったにちがいないのに、今ここ、遠い外国の地で、彼方《かなた》から来た仲間と朗らかにビールを飲んでいる。母親世代のわたしは、我が子を見るような感慨をおぼえて胸がいっぱいになったのでした。

花

　俳句や短歌の中で、ただ「花」とだけ書いてあったなら、それはすみれでもチューリップでも水仙でも百合《ゆり》でもバラでもなく、桜を意味します。世の中にはこんなにたくさんの種類の花があるのに、「花」とは桜のこと、と言いならわしてきたのは、日本のいにしえの詩人たちでした。西行《さいぎょう》の和歌「ねがはくは花の下にて春死なむその如月《きさらぎ》の望月《もちづき》のころ」、在原業平《ありわらのなりひら》の「世の中に絶えて桜のなかりせば春の心はのどけからまし」、小野小町《おののこまち》の「花の色は移りにけりないたづらにわが身よにふるながめせしまに」、思いつくままにあげてゆくだけでも、いくつもの歌がうかんできます。現代でも、たとえば梶井基次郎《かじいもとじろう》の、「桜の樹の下には屍体《したい》が埋まっている！」と始まる短篇「桜の樹の下には」の冒頭は、読んだことがなくとも、どこかで耳にしたことがあるのではないでしょうか。

　桜をただのうつくしい花にとどめず、そこに何かの情念や生や死をかさねて眺めてきた歴史が、日本にはあります。だからでしょうか、夜中に満開の桜の下を通るのは、なにか恐ろしいような心もちがしてしまうのです。異界に連れていかれそうな感じ、とでもいう

のでしょうか。

そういえば、数年前の昼下がりに、林の中にぽつりと一本だけ生えている満開の桜のそばを歩いていた時のことです。人通りがほとんどなく、花見の季節でもその一本の下に酔客などがいることはまずない場所なのですが、その日は、桜の木の下に大きなテーブルがあったのです。真っ白いテーブルクロスの上には、サンドイッチ、スープ、ソテーした肉、くだもの、ホールのケーキ、サラダなどのごちそうのお皿が、隙間がないくらいぎっしりと並べられていて、けれどテーブルのまわりには、人っ子一人いないのです。ときおり微風が吹いて、テーブルの上に桜の花びらが散りかかります。じきに誰か来るのかな、と思って、十分以上こっそり待って見ていたのですが、誰も来ませんでした。十五分が過ぎた時、突然怖くなったわたしは、全速力で駆けだし、その場を離れました。翌日行ってみると、テーブルはもちろんなく、ただ桜だけが静かに草の上に散っていたのでした。あれはいったい、何だったんでしょう。桜の季節が来るたびに、必ず思いだします。

チ、ポ、と鼓打たうよ花月夜

松本たかし

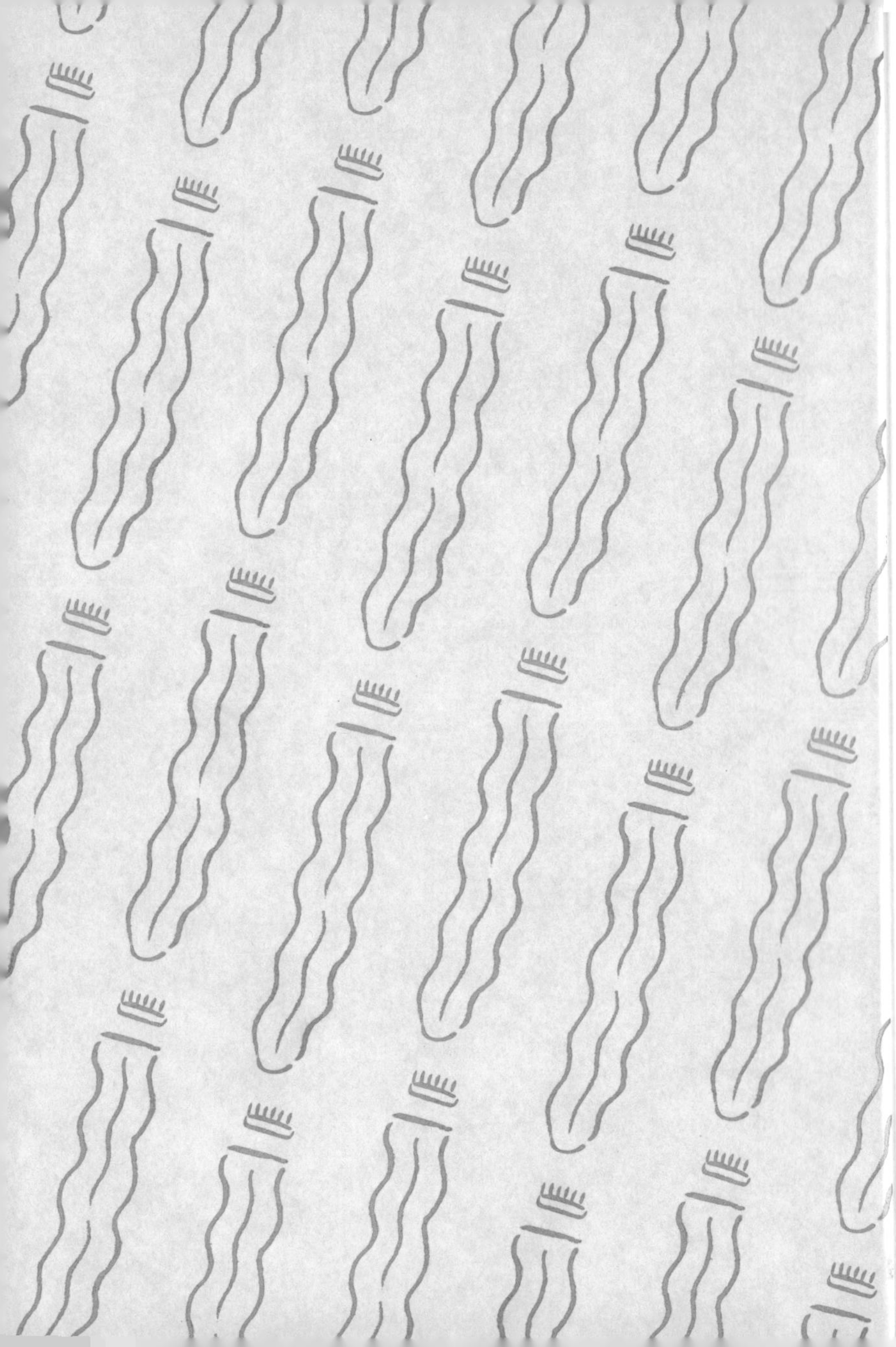

春《はる》愁《うれい》

俳句をつくりはじめた頃、すぐに使いたくなってしまう季語が、二つありました。

その一つが、この「はるうれい」。「しゅんしゅう」とも読みます。講談社の『日本大歳時記』には、「春の物思いであり、憂えであり、哀愁である。歓楽きわまって哀情が深いといった感じにも言う」とあります。小説を書く人間にとって、かのごとき感情は、とても身近なので（小説中では、ひとはしばしば恋に落ち恋に破れ友と別れ大切なものをなくし、人生を憂え、深い哀愁を覚えるものなのです。考えてみれば、作者とはそのようなつらい目を、自分の登場人物に平然と味わわせる、冷酷な人間なのですなあ）、すぐに自分の句にも使いたくなってしまうのです。

もう一つの、使いたくなる季語は、「秋思《しゅうし》」。こちらは、秋の物憂い気分のこと。秋よりも春の物思いのほうが、色めいた気分が強めなので、俳句をつくりはじめたばかりの元気いっぱいだった三十代半ばの頃は、「春愁」を多用したものですが、このごろは年のせいか、「秋思」に心が動く日々です。

ところで、「春愁」「秋思」を多用するのは、自分では気持ちいいのですが、句会では、この季語を使った句を「いい」と言ってくれる人が少ないのです。たぶん、トゥーマッチになってしまうのだと思います。俳句は、短い詩です。その中に、濃い感情がのせられすぎていると、うるさいのです。君の憂いは、まあそれでいいけれど、自分には関係ないしね、それよりももっと広い世界のこと見せてよ、という感じでしょうか。

ですから、十年前にはじめての句集を出した時には、たくさんつくった「春愁」の句はほぼすべて捨て去り、一つしか句集には載せませんでしたし、「秋思」にいたっては、一つも載せませんでした。載せた「春愁」の句は、

はるうれひ乳房はすこしお湯に浮く　弘美

というもの。この「春愁」ならば、ちょっと愉快なふうもあるし、それに、「愁」という強い印象の漢字をひらがなに開いたので、押しつけがましい「愁い」ではなくなったかなと、おそるおそる選んだのも、なつかしい思い出です。

夏

薄《はく》暑《しょ》

「薄暑」、という言葉を知ったのは、俳句を始めてからです。もちろん、俳句を始めてからはじめて知った言葉は、たくさんあります。たとえば、「千葉笑《ちばわらい》」。この突拍子もない言葉は、千葉県の千葉《せんよう》寺で、その昔、大晦日に仮面をつけ、お上などの悪口を言い放ったという風習からきた、冬の季語なのです。あるいは、「水見舞《みずみまい》」という、耳慣れぬ言葉。川の氾濫《はんらん》などにあった人を見舞う、という意味の、夏の季語です。

このように、それまで想像もしてみなかった言葉もたくさんあるのですが、「薄暑」は、字面《じづら》を見ただけで、その意味がなんとはなしに想像がつきます。正確な意味は、『日本大歳時記』によれば、「初夏のころ、やや暑さを覚えるようになった気候をいう。少し歩くと汗ばむような感じで、服装も軽快になる」。

五月は、一年の中でもことに寒い日暑い日の変動が激しい月です。夏のような日もあれば、初春の底冷えに逆戻りしたような日もある。昨日厚めのカーディガンをはおっていたのに、今日は半袖のTシャツでも暑い、という季節は、知らない間に疲れがたまりもします。それでも、緑まぶしい道を、身軽になった服装で歩くのは、なんと気持ちのいいことでしょう。まだ梅雨が来る前の、きらきらしい季節ともいえます。

薄暑、という言葉には、けれどわたしは、少しばかり不穏なものも感じてしまうのです。「薄」という字のせいかもしれません。「薄情」「薄幸」「薄弱」「薄利」などの、マイナーな印象の単語をつい連想し、さわやかであるはずのこの時候に、はかなさを見てしまうのかもしれません。

朝すでにほろびのひかり湖《うみ》薄暑

山《やま》上《がみ》樹《き》実《み》雄《お》

朝の光が湖にさしている、けれどその光は、すでにほろびの光である、薄暑の季節だ。という意味の句です。

「ほろびのひかり」とは、なんと繊細な言葉でしょう。朝はやがて日暮れへとつながる、という、一日の時間の流れを示した表現ともとれますし、今わたしたち人間には光がさし繁栄しているが、やがてはほろびゆくものなのだ、という意味にもとれるこの句、はかなさを感じさせる「薄暑」という季語がぴったりではありませんか。

鯉《こい》幟《のぼり》

わたしには十《とお》、年の離れた弟がいます。彼が生まれた時に最も印象に残っているのは、祖父の言葉でした。「鯉幟を用意しなければ」と、父方の祖父は、すぐさま口にしたのです。なんとなれば、父方のいとこは全員女で、弟ははじめての男の孫だったからです。

すでに父母の世代は「男の子は家の跡継ぎ」という意識が薄く、「男の子は病気もするし、育てにくいわねえ」などと母は愚痴っていたのですが、明治生まれの祖父にとっては待ち望んでいた「跡継ぎ」の男孫、お話の中でしか聞いたことがなかった言葉、「でかしたぞ、ヨシコさん（母の名前です）」をはじめて耳にしたのも、この時でした。

まだ母が産褥《さんじょく》の床についている間に、鯉幟の用意は着々となされました。まず祖父は、近所の材木屋に行き、長大な柱を買いもとめ、次には、大工さんを呼びました。庭に、その巨大な柱を立てる台を組むためです。

わたしはもともと、女の子のお節句のお雛《ひな》さまには、さほど興味がありませんでした。ちまちましているし、なんだかすましているし、人形ごっこをすることも禁止されているし。けれど、弟の誕生で用意された立派な吹き流しや、当時小学五年生だったわたしが三人くらいもぐりこめるだろう大きな真鯉《まごい》に緋鯉《ひごい》、兜《かぶと》や緋縅《ひおどし》のよろいは、どれもこれも「実用」を感じさせ、どれほどわたしをわくわくさせたことでしょう。

それがたとえ弟のものだったとしても、かまいませんでした。だってまだ弟は生まれたばかりで、端午《たんご》の節句用に整えられたもので遊ぶことなんて、できないじゃないですか。

おろされて　陽のほとぼりの五月鯉

伊《い》丹《たみ》三《み》樹《き》彦《ひこ》

朝、鯉幟を柱に泳がせ、また、夜露《よつゆ》がおりる前にとりこむのは、わたしの役目となりました。自分から買って出たのです。二歳くらいになると、弟も一緒に鯉幟を揚げたがったものですが、「あんたは小さいから、無理」と意地悪を言って、手を出させませんでした。

そんなにも楽しみだった鯉幟ですが、やがて弟は成人し、いつの間にか鯉幟を飾る習慣は廃《すた》れました。そののち、自分に息子が二人生まれた時にも、鯉幟を用意するという発想はまったく湧《わ》かなかったのです。団地住まいでもありましたし、たぶん弟の鯉幟ですっかり満足していたからですね。息子たちよ、すまん。

そらまめ

まめ類を、さやから取り出すのが好きです。

今ごろの季節ならば、まず、えんどうまめ。薄めのさやをやさしくつかむと、さやの一部がほんの少し割れるので、すかさずそこに指をいれて開く。ぎっしりと並んだ豆をこそげ取るように、おや指できゅっとしごく。まんまるのえんどうまめが、ぱらぱらと笊《ざる》の中に落ちてくる、あの気持ちよさ！

えんどうまめは、さやも、豆も、元気がいいので、まちがって指をゆるめてしまうと、一粒、二粒と、どこか遠くのほうに飛んでいってしまいます。だから、えんどうまめを剥《む》く時には、集中とていねいさが大事。

そらまめは、もうちょっと乱暴でも大丈夫です。厚いさやをぱかんとひらく時も、ふかふかした内張りの白いふとんから豆をひっぱがす時も、うわのそらで適当に指を動かしていればいいのです。なにしろそらまめは、安定がいいから。

うち流では、そらまめの塩ゆでをつくる時には、豆のはしっこに付いている、笑っているくちびるのような黒い部分を、爪をたててはがしてしまいます。ゆでた時に、うす皮が縮まない気がするので。それから、心なしか塩味がしみこみやすい気もするので。

旬のものは、たいがい、季語となっています。もちろん、そらまめも。

仮名かきうみし子にそらまめをむかせけり

杉《すぎ》田《た》久《ひさ》女《じょ》

わたしも、子供にさせた最初の「台所お手伝い」は、そらまめをさやから出す、というものだったような気がします。不器用な子供の指でも、そらまめならば安心。くちびるの部分を取ることも、教えました。こちらは、最初のうちはいやにぎざぎざになったり、ぜんたいが割れてしまったりしましたけれど、まあ、食べちゃえば味はおんなじなので、大丈夫。

さやの中のそらまめは、たいがい不揃いです。はしっこにある、おみそのような小さいのが、わたしはことに好きです。この前、「沖縄の小さなそらまめ」というものを、お店でみつけました。全部が全部、おみその小さなそらまめ。狂喜して、誰もいない夕餉《ゆうげ》に、こっそりひとりじめして食べたことでした。

豆《まめ》飯《めし》

彼女は、豆ご飯が、大好きでした。

ほんとうは、えんどう豆が店先に出まわる季節には、毎日でも豆ご飯を炊きたいのだけれど、高くつくから、一週間に一回で我慢しているのだと、笑いながら言っていました。

その日は、週に一回の、豆ご飯の日。塩気をきかせたぴかぴかのご飯の中に、きれいな翡翠《ひすい》色のえんどう豆がうかぶ、上出来のものでした。

飯釜の中におしゃもじをさくりと入れ、ほぐそうとしたその時です。彼女の夫が、

「やあ、うまそうだなあ」

と、上から覗《のぞ》きこんだのです。まだ日は暮れ残っていて、庭の木々の芽吹きがゆるく風に揺れている、気持ちのいい夕方でした。ビール好きだった夫は、片手にガラスのコップ、もう片ほうの手にはビールの中瓶を持っていました。

その時です。夫の手から、コップがすべり落ちたのです。ななめに開いた炊飯器のふたにコップは落ち、割れました。

　彼女はあわてて炊飯器にかがみこみましたが、時すでに遅し、ガラスの破片は豆ご飯の上に散らばっていました。

　もちろん、彼女と夫は大喧嘩になりました。だって、あんなに楽しみにしていた豆ご飯だったんですもの。けれど夫に文句を言いつくしたあげく、しまいに彼女は泣く泣く豆ご飯を始末しにかかりました。

「でも、どうしても、できなかったの。惜しくて」

　さて、彼女はそれから、どうしたのでしょう。そうです。ガラスのかけらを全部ていねいに取り除いて、豆ご飯を食べたのでした。夫は、ものすごい顔をして止めたそうです。でも、彼女は取り合わず、粛々と豆ご飯を口に運んだのでした。

　遠い親戚である彼女も、彼女の夫も、ずいぶん前に亡くなりましたけれど、思い出すたびに、旬の好物に対する彼女の執着に、笑ってしまうのです。食いしんぼうのわたしも、彼女の気持ち、とてもよくわかります。もちろん、よい子は真似しないでくださいね。

豆飯の湯気を大事に食べにけり

大《おお》串《ぐし》　章《あきら》

競《くらべ》馬《うま》

現代では競馬は、津々浦々で一年中おこなわれているものですが、そもそもは神事だったといいます。読み方も、「けいば」ではなく、「くらべうま」でした。

神事としての「くらべうま」は、現在も上賀茂《かみがも》神社などでおこなわれています。平安時代からの伝統行事で、寡聞《かぶん》にしてわたしは見たことはないのですが、この原稿を書くにあたり、ユーチューブで検索してみたところ、当時の装束をつけた騎手を乗せた馬が駆けてゆく映像を見ることができました。

ちょうど今（二〇一九年）平安を舞台にした小説を書いているので、以前には関心のなかった今回のような季語にも、心が動くようになりました。平安時代を描くのは、なかなかに大変です。当時の生活に関する資料は、絵や文章に残されてはいるのですが、絵や文章というものは、何かのイベントに関するものがほとんどで、ほんとうになんでもない日常のことを知るのは、存外難しいのです。で、平安に関するさまざまな資料を調べてゆくうちに辿《たど》りついたのが、京都にある「風俗博物館」。ここは平安のことを知りたい人間にとっては、たいそうありがたい場所です。そもそもは古代から近代までの、日本の風俗や衣装を実物展示する博物館だったそうですが、一九九八年にリニューアルしてからは、『源氏物語』のさまざまなシーンを、人形や縮尺建築や装飾で再現した、手のこんだ展示がおこなわれているのです。競馬の場面はありませんでしたが、「平安時代の騎射《うまゆみ》」「平安時代の打毬《だきゅう》」といった、男たちが馬を使って競う場面が、細密に再現してあります。

再現された縮尺サイズの馬や人形たちを眺めていると、その昔のひとたちも、今のわたしたちとつながっているのだなあと、なんとなく思えてくるのが不思議です。着ているものも言葉も習慣も違うけれど、きっとわたしと似たような悩みもあったのだろうな、喜びもあったのだろうな、などと。

くらべ馬おくれし一騎あはれなり

正《まさ》岡《おか》子《し》規《き》

平安の貴族たちは、和歌を詠んでみやびに暮らしていただけではなく、武官として働いている者も多くありました。馬に乗るのも、その訓練の一環。「くらべうま」の行事のその裏では、現代と同様、出世競争のさやあてなども、きっとおこっていたことでしょう……。

アカシアの花

「アカシアの花」といえば、わたしと同世代近辺のみなさまは、西田佐知子《にしださちこ》のヒット曲「アカシアの雨がやむとき」を思い浮かべるのではないでしょうか。安保闘争がなかなか進まないなか、学生たちがその歌詞に共感しつつ口ずさんでいた、というエピソードのある曲です。

わたし自身は学生運動が終わったあとの、政治的空白ともいうべき時期に学生時代を送ったので、「アカシアの雨がやむとき」を実際に口ずさんだという先輩からその話を聞くばかりだったのですが、西田佐知子のハスキーな声で歌われる曲をラジオで聞くたびに、ああ、自分は遅れて生まれてきたのだなあと、せつなく思った記憶があります。

先輩から聞いた話はもう一つあり、それは、日本のアカシアはほんもののアカシアではない、ということでした。研究室の助手をしていた先輩は植物学専攻で、花や樹にくわしく、大学内にあるさまざまな植物について教えてくれたのです。

学生食堂のそばの土手に、アカシアの並木がありました。五月のよく晴れた日、並木の下を通ると、白い小さな花がぱらぱらと降ってきます。肩に頭に花は載り、それからすぐに風に吹かれてどこかへ飛び去ってゆくのです。

「でもこれは、アカシアではなく、正確にはニセアカシア」

と、先輩は説明しました。

「日本語では、ハリエンジュ。学名のラテン語を直訳した名が、ニセアカシア。だけど、決して怪しいイカモノなどじゃなく、れっきとしたマメ科エンジュ属の植物です。ちなみに、アカシアは、マメ科アカシア属の植物」と、先輩は続けました。

アカシアは、乾燥地帯に生育するものだそうで、日本には自生していないということも、この時教わりました。

「ニセアカシアって、やるせないわよね」

先輩は、遠い目をして言いました。何と答えていいかわからず、わたしはただ黙っていました。先輩は大人なんだなあと、この時もまた、少しせつなくなりました。

アカシアの花降る中に兵の墓

門前ふみ

新茶

お茶を淹《い》れるのが、下手です。

緑茶だけでなく、コーヒーも紅茶も、それから中国茶もさまざまなハーブティーも、どんな種類のお茶だとしても、おいしく淹れられたことがめったにないのです。

生来の短気が、まず第一の原因です。煎茶を淹れるのに、少しお湯が冷めるのを待つのが面倒で、熱々のお湯を注いでしまう。コーヒーを蒸らす時間を惜しむ。スプーンで茶葉をはかるのをはしょって、適当な量を急須にだばだばと入れてしまう。お湯を注いでからの時間に無頓着で、ある時は早すぎまたある時はゆっくりすぎる……。

たぶん、お茶類に対する欲望が少ないからだと思います。だいいち、わたしはカフェインに弱いのです。午後にコーヒーや煎茶を飲むと、夜眠れなくなってしまう。だから、毎日いちばんよく飲むのは、水です。それも、水道の水。東京都は最近、水道水が以前よりもぐっとおいしくなっているのです。もちろん、名水の湧《わ》く土地の水にはかないませんけれど、その昔にくらべると、ずいぶん飲みやすくなったように思います。

困るのは、お客さまがいらした時です。お水だけ出すというわけにもいかず、しぶしぶ淹れるのですが、おいしくないとわかっているものを出すのは、心苦しいことこのうえない。きちんと時間をはかって、茶葉の量もはかって、心落ち着けて淹れればちゃんとした味になるのではと、何回も試すのですが、さっぱりなのです。お茶と違って、料理はけっこう好きなのですが、そして、「料理が苦手で」と嘆く声を聞くと、「料理なんて、凝りすぎなければ、どうやったってたいがいそこそこにはできるはず」と内心思ったりするのですが、こうお茶を淹れるのが下手な自分の現実をふりかえると、料理が苦手なひとというのが存在することも、むべなるかな、です。

新茶来て小さき壺にやゝあふる

水《みず》原《はら》秋櫻《しゅうおう》子《し》

淹れるのは下手ですが、新茶の香りは、大好きです。茶筒のいいものも、持っています。友人が、引越祝いに一保堂《いっぽどう》の銅製のものをくれたのです。袋から茶筒にお茶を詰めかえる時の心はずみは、なんともいえないものです。新緑の頃の、香ばしい茶葉。あとは、おいしく淹れる修業をするべし、するべし、ですね。

てんとう虫

新聞を読んでいたら、吉谷昭憲《よしたにあきのり》さんというイラストレーターの方のエッセイが、とても面白かったのです。そのエッセイは、

「テントウ虫一匹の重さとつりあうのは、どれ？　1 切手　2 つまようじ　3 一円玉」

と、始まります。一円玉はちょっと重いから、つまようじかな。まあ、切手ということはないだろうな。そんなふうに思って先を読んでゆくと、なんと正解は、1の切手なのでした。驚いて読み進むと、同じ蝶《ちょう》でも、オオムラサキはアサギマダラの六倍の体重があることや、蚊は血を吸うと二倍の体重になることなど、興味深いことが満載です。

電子天秤《てんびん》を手に入れたことから始まった、吉谷さんの虫の重さをはかる日々は、科学雑誌「たくさんのふしぎ」の「昆虫の体重測定」という特集に結実したそうです。なんと面白い着眼点を持つ方がこの世にはいらっしゃるのだろうと、その日いちにち、なんだか嬉《うれ》しくてしかたがありませんでした。

てんとう虫を見つけると、思わずわたしはつまんで腕に這《は》わせてしまうのですが、指先

へと歩いていったてんとう虫は、指先に達すると、ためらいなく空へと飛びたってゆきます。そのきっぱりとした気持ちよさを味わいたくて、這わせるのかもしれません。

てんとう虫と似た昆虫に、ニジュウヤホシテントウ、俗にテントウムシダマシといわれる近種のものがありますが、こちらはいわゆるてんとう虫の中でいちばんなじみ深いナナホシテントウなどよりもずっとホシの多い種類です。てんとう虫は、植物につくアリマキを食べてくれる、人間にとってはありがたい虫なのですが、テントウムシダマシは、ナスやじゃがいもの葉を食いあらす害虫とされています。

でも、よく考えると、わたしたち人間にとって益虫とされるてんとう虫は肉食で、害虫であるテントウムシダマシは、草食。もしもかれらがわたしたちと等身大の大きさになったら、怖いのは圧倒的に肉食のてんとう虫のほうですね。

翅《はね》わっててんたう虫の飛びいづる

高野《たかの》素十《すじゅう》

「翅《はね》を割る」という表現は、ほんとうにてんとう虫にぴったり。それもこれも、てんとう虫が切手一枚ほどの重さしかないからこその、軽やかさでありましょう。

更衣《ころもがえ》

ころもがえ、という言葉を、このごろ使わなくなりました。

春になっても突然寒い日がしばしば訪れ、ようやく春を楽しもうと思っているうちに急に季節は熱帯のような夏に突入。その夏はやたら長く続き、秋は間奏曲のようにさあっと去り、また突然寒い日々がやってくる。

いったい、いつ服を入れ替えればいいのか、わからないのです。冬ものの箱、夏ものの箱、春や秋の服の箱、という分類ができなくなり、長袖だった昨日と、袖なしの今日が、連続して入り乱れて続くのです。

そもそも服をあんまり持っていないわたしですが、この数年の気候のために、ますます服が少なくなりました。カーディガンを一枚持っていれば、春も秋も冬もけっこうやりすごせます。ジーパンが一枚あれば、全部の季節、はき続けられます。気がつくと、前の三分の二くらいに服の量が減っているではありませんか。で、このごろは、入れ替えせずに全部を出しておく、つまり透明ボックスを重ねたものいくつかとハンガーラック一本ぶんに一年じゅうの服を全部おさめることが、可能になったのです。

入れ替えがないのは、楽ちんです。ただし、やっぱりほんの少しだけ、今ある収納よりも手持ちの服の数は多い。押し入れにしまっていたぶんまで全部、手のすぐ届くところにおさめてしまうと、透明ボックスはぎゅうぎゅうになります。

すると、何が起こるのか。「服が、痛たたた、と叫ぶ」ことが、起こるのです。ぎゅうと詰めた服の端っこが、閉めた透明のひきだしから、ぴらりと一センチほど飛び出ている。あれって、ものすごく「痛そう」じゃありません？　毎回洗濯ものをしまうたびに、痛たたたっ、と叫ぶ服をなおしてまわってやるのが、このごろの毎日です。

衣《きぬ》替《かえ》て居《すわっ》て見てもひとりかな

一茶《いっさ》

一茶は晩年、大火にあって、焼け残った土蔵に住んだそうです。時代的にみても、一茶は、痛たたた、と叫ぶほどたくさんの服をもとから持っていなかったはず。清潔で、孤独な、更衣です。服が少なくなったなどといっても、まだまだ身軽じゃないなあと、つくづく自省してしまいますねえ。

鯖《さば》

「鯖、もらっちゃったの」

という電話が、友だちからかかってきました。釣りの好きな知人が、鯖を五尾、クーラーボックスに入れて持ってきてくれたのだというのです。

「二尾、いらない？」という言葉に、反射的に、うん、と言いました。言ってしまってから、魚を捌《さば》くのがものすごく下手なことを思いだしましたが、えーいままよ、と、そのまま知人の家に鯖をもらいに走ったのでした。

鯖は、中くらいのものでしたが、つやつやと青く光り輝く、まさに「青魚」というべきものでした。急いで持ち帰り、ごりごり、という感じで捌き、半身を四つ作りました。二つはしめさばに、もう二つは塩鯖にしよう。そう決めて、必死に捌いたのです。最近、干物に凝っているのです。干物を作るための、青い三段の網をネットで買い、野菜を干したり日本酒をくぐらせて塩をしたササミを干したり、切り身の脂の多い魚を、少しきつめの塩水に漬けてから干したり、しています。

このたびの鯖は、塩はあまりきつめにはしないでおこう、と決めます。一時間くらい漬けて。さっと洗って。それから、干しました。日のある時間を選んで、二日ほど。

なにしろ捌きかたが下手なので、切り口がぎざぎざしていましたが、焼いてしまえば、なんとなくふくらんでごまかせます。味はどうだったかって？　おいしかったです！「自作に満足加点」がふくまれていることはまちがいないらしく、一緒に食べた家の者は、無言でした。しめさばのほうも、まあまあ。

鯖の目が、大きくてつぶらだったこと。脂がよくのっていて、包丁が脂まみれになったこと。内臓も豊かだったこと。などなど、お店で買ったのでは実感できないことを、たっぷりと味わいました。二日つづけての鯖、日本酒が進んだことでした。

青ひかる鯖釣り獲《え》たり掌《て》にぬくゝ

山《やま》口《ぐち》草《そう》堂《どう》

青く光る鯖を釣って獲た、そしてその鯖は、てのひらにあたたかく感じられた、というのです。魚は変温動物。きっとその日の海が、暖かかったのですね。鯖は初夏の季語。思わず釣りに行きたくなってしまう、実感あふれる句ではありませんか。

黴《かび》

「好きな季語」で「黴」をあげるとは、また妙な好みで……と思われる方も、多いかもしれません。黴が好きな女って、どうなんでしょうと、自分でも思います。でも、黴にはわたし、とってもお世話になったのです。

小学校の頃、病気をしました。重病、というほどではなかったのですが、中重《おも》病、くらいのやつでした。数ヶ月入院して治ったのはいいのですが、再発をふせぐために、二十歳になるまで毎日朝と晩に、ペニシリンを飲みつづけました。ペニシリンは、青黴からつくられた抗生物質です。だから、「再発したら、普通の生活はできなくなるでしょう」と言われていたわたしが、今こうしていられるのは、黴のおかげなのです。

梅雨になると、はえやすくなる黴。けれど、現代のわたしたちには、黴や菌をふせぐ商品がたくさんあります。わたしが若かった昭和の時代よりも、今は黴から遠い生活をしているのではないでしょうか。だから、わたし自身も「黴」という季語を使って俳句をつくったことは、ほとんどありません。若いひとたちの俳句を読んでも、「黴」という季語の使っている句は、少ないような。

それにひきくらべ、明治に生まれた高浜虚子《たかはまきょし》が編んだ歳時記には、いくつもの魅力的な黴の句が載っています。

ラヂオ今ワインガルトナー黴の宿　星野立子《ほしのたつこ》

優曇華《うどんげ》もつきて黴びけり古今集　大島兎月《おおしまとげつ》

「黴の宿」という言葉は、「黴」という季語からできた派生季語です。本来の季語から派生してできた言葉が、派生季語。誰かが一回だけの思いつきで使ったのではだめで、立派な普遍性をもたなければ、季語として認められません。つまりその時代、黴がじめじめはえている家（宿という言葉も、今のように旅館を意味するものではなく、本来の「すまい」の意をもつものでした）は決して珍しいものではなかったし、「黴がはえておる、しまった」と恥ずかしがったりもしなかったということでありましょう。「古今集」の句では、さらに黴のことを積極的にいとおしんでいる風情さえあります。クサカゲロウの卵である優曇華と黴にまみれた和歌集。でも、作者の詠みぶりは、なんて楽しそうなんでしょう。この感じ、いいなあと思います。生きとし生けるものをいとおしむのが俳句なんだなあ、と。

こうもり

幼かった頃の話をすると、驚かれます。

「えっ、それ、ほんとですか？　百年前とかじゃなく？」と。

住んでいたのは東京の杉並区。東京の西の郊外であるとはいえ、高円寺・阿佐ヶ谷・荻窪という中央線の駅を擁し、環八と環七道路が貫通し、人口は五十八万、という現在の杉並区のイメージからは、どうやら想像できないことを、わたしは口にしているようなのです。

いわく、環八って、舗装もしていない細い道路で、歩行者用の信号もなかったから、渡る時は車の隙をみはからってささっと渡らなきゃならなかったの。いわく、タヌキやイタチが道路に出没して、しょっちゅう車にひかれてつぶれてたわよ。いわく、晴れた夜にはいつも天の川がきれいに見えたの。いわく、神田川が台風のたびに氾濫して橋が流されちゃって、橋の修理にとりかかる前にはただの棒っきれが渡してあるだけだったわ。

考えてみると、それらの事々は、百年前とはいいませんが、すでに五十年ほど前の記憶の中の風景なのです。半世紀はあっという間に過ぎ、東京は変化し、わたしの中の「東京西郊」のイメージは、はるかな過去の景色となってしまっているのでした。

実のところ、自分の気持ちの中では、いまだに区のはずれあたりにはうじゃうじゃイタチがおり、年に数回は天の川が見え、橋だってたまには流されることになっているのです。頭の中に定着してしまったものは、なかなか消せません。だからこのごろは、「それはあくまで記憶なのであって、現在の東京とはまったく違うもの」と、注意深くふるまうようになりました。誰かが「クールジャパン」とやらの話をしている時に、決して「その日本の首都にはイタチがね」などと、ついつい口をはさまないこと、と。

この十年ほど、そんなふうに用心深く記憶を封印していたわけで、そのせいでしょうか、少し前に実家の近所でこうもりを見た時には、びっくりしました。もしかして、タイムスリップ？　それとも、まぼろし？

いいえ、それは確かに実在のこうもりでした。ふわふわと夕空を飛ぶ、はかないもの。わたしの東京は、五十年後の今も、ささやかに残っていたのです。

蝙蝠《こうもり》やをちに見出し見失ひ　宮部寸七翁《みやべすなお》

ががんぼ

歳時記を見ると、「蚊に似た大きな種類のものである。おそろしく細長い六本の脚をもっている」とあります。うちでは、よく網戸にはりついていて、網戸をゆするとぱっと飛びあがり、その長い六本の脚を扱いかねたようにふらふらとさせながら、なげしのあたりにまたじっと止まったりします。

ががんぼには、思い出があります。

迷子になったのです。小学校の頃、少し遠い親戚の家に遊びに行った時のことでした。はじめての土地で、大きな庭があるその家のまわり一面が田んぼと畑で、小川が流れていました。虫好きの子供だったわたしは、バッタやイナゴをとって歩いているうちに、ずいぶん遠くまで行ってしまったようなのでした。

だんだん日が西に傾いてきて、気がつくとまわりには人っ子一人いなくて、空の上のほうでトンビがぴいぴい鳴きかわし、道ばたのよく知らない丈の高い雑草がさわさわ風に音をたてています。さっきまではあんなに親しかった風景が、突然ひんやりと見知らぬものになっていました。

怖い、と思いました。びくびくしながら身をすくめていると、一匹のががんぼが、ふらふら飛んでゆくではないですか。不思議なことに、ががんぼはどこかに止まるでもなく、ゆっくりとひとところをめざすように、いつまでも飛びつづけてゆくのです。すがるように、後をついてゆきました。

夕焼けがはじまる頃に、ようやく親戚の家にたどりつきました。ががんぼは、いつの間にか消えていて、虫かごを斜めがけにしたわたしは、半泣きになりながら小走りに庭に駆けこんだのでした。

がゝんぼの脚置き去れる卓の上

石塚《いしづか》友二《ともじ》

どちらかというと、こんなとぼけたあわれな存在として扱われることの多いががんぼですが、あの時の恩を思うとわたしは決してががんぼを笑ったり軽んじたりできません。見つけると必ずそっと網戸をあけて外に出してやります。すると、いったい何に惹《ひ》かれるのか、ががんぼは夕刻の空気の中を、魅入られたようにふらりふらりと、ただよってゆくのです。

蚯蚓《みみず》

今は小説を書いて暮らしていますが、学生時代は理科系でした。生物学科、というところに属していたのです。

生物学科というところは、ふつうの講義のほかに、「実習」というものがたくさんありました。ショウジョウバエの遺伝実習（ハエを卵から孵化《ふか》させ、育て、交配させ、生まれた子バエの目の色や羽の形の統計をとって遺伝のしくみを学ぶ）とか、ウニの発生実習（臨海実験所に泊まりこんで、海から採ってきたウニに卵をうませ、顕微鏡下で卵の細胞分裂のようすを四十八時間くらい観察し続ける）とか、あるいは、海草実習（臨海実験所に行き、そのへんの海岸に落ちている海草を拾い集めて標本にし、学名を調べ、余ったものは炒めたりおひたしにしたりして食べる）、なんていうものも。

けっこう、ハードでした。でも、楽しかった。ノートや教科書の上での学問ではなく、いわゆるフィールドワークの一種でしたから。何かこう、抽象的な学問ではなく、実学をまなんでいる、という感じがあったのです。

入学して、最初におこなう実習は、「解剖」でした。いったい何を解剖するんだろうと、身がまえていたのですが、先生の用意していたのは、「ミミズ」。「キャンパスのあのへんで掘ってきたんですよ。でも、この種類はあまりいろんなところにいないので、貴重なんです」と、ガラス瓶いっぱいの太い太いミミズを、自慢そうにさしだすのでした。

いくら太いといっても、解剖するにはあまりに細く思えるミミズを、いったいどうやって、と思っていたのですが、これがあんがい、みっちりと内臓などもそなえた、立派な生物体でした。ミミズ、というと、「とるにたらない」と思うむきも多いかと思いますが、わたしにとっては、生物学科で最初にお世話になった、ありがたい存在なのでした。

大蚯蚓空に桃色たなびけり

磯《いそ》貝《がい》碧《へき》蹄《てい》館《かん》

空に桃色がたなびく。きっと、夕方なのでしょう。夕焼けにも、色にたなびいているのは、いかにも初夏の感じです。そこに、さも感じてしまうのは、わたしの個人的な、ミミズへ、

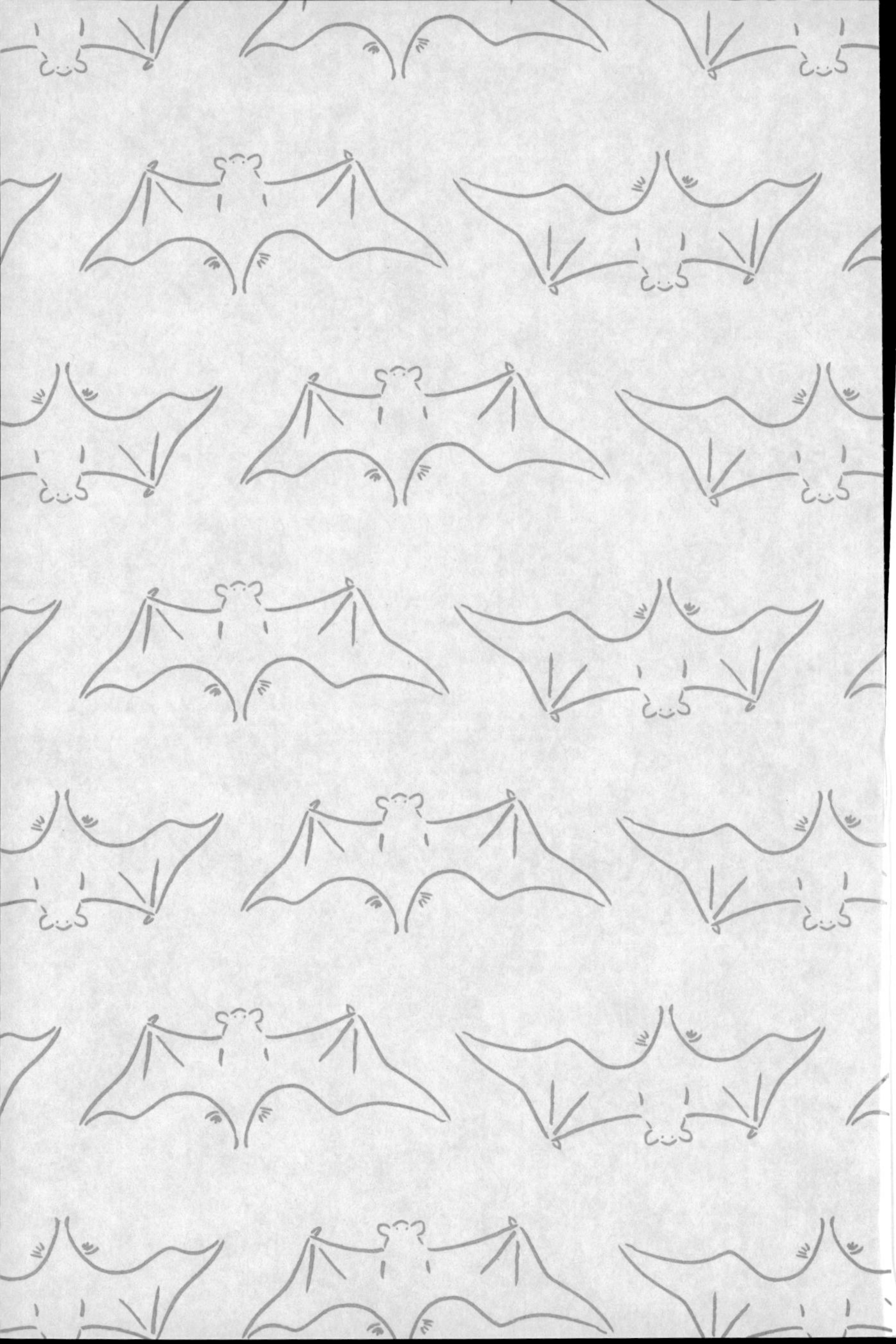

業《なり》平《ひら》忌《き》

二〇一四年から一五年にかけて必死におこなった仕事があります。『伊勢物語』の現代語訳です。

学生時代にいちばんわたしが不得意だったのが、古典。だから最初はこの仕事、手に余るためにお断りせざるを得ないかなと、くよくよしていました。でも、ためしにほんの少しだけ訳を始めてみると、あれ？　もしかすると、できるかも、と思えてきたのです。

『伊勢物語』は、みなさまご存知のように、在原業平《ありわらのなりひら》と目される「をとこ」についての、百二十五篇の小さなお話の集まりです。業平の色ごのみをあらわすさまざまな逸話、たとえば伊勢の斎宮《さいぐう》との禁断の恋や、のちに帝の妻となったひととの恋や、たくさんの女房たちとの恋が、全篇にちりばめられています。

訳してみて意外だったのは、恋の逸話だけではなく、友情の逸話もたくさんあったことです。仲のいい友が落ちぶれてしまった時の、業平の優しさと気づかいには、ほろりとさせられます。仕えている御方への忠誠ぶりも、すてきです。義務で仕えているのではなく、心から慕っているさまは、まるで恋人との間柄のよう。

色ごのみの男は、日本だけではなく世界各国・古今東西で描かれてきました。たいがいの彼らに、わたしは内心反発を覚えてしまうのですが、まあ彼らは男性のある種の苦悩を表現するために抽象化された存在なんだから、反発を覚えることもないのだよな、と、いちおう小説家である身としては自身をいさめたりもしてきました。それでも、「光源氏、若紫にひどすぎ！」と、大和和紀《やまとわき》先生のマンガ『あさきゆめみし』を読みながら、叫んでしまうのではあります。

業平は、もしかするとはじめて反発を感じなかった色ごのみの男かもしれません。業平のありかたに助けられ、全訳を終えて思うのは、業平の明るさと諦念《ていねん》です。色ごのみなのに、なんだか少し抜けているのも、いい。忌日の季語で作句するのはとても難しいことですが、歳時記を引くと、「業平忌」を季語とする句は、太宰治《だざいおさむ》の忌日「桜桃忌」と同じくらい、たくさんあるのです。二人とも、日本人に愛されているのですね。

ちなみに、「業平忌」は五月の終わり、「桜桃忌」は六月半ば。二人の忌日が近いというのも、不思議な符合ではあります。

一つ咲く菖蒲《あやめ》を剪《き》りぬ業平忌

富安《とみやす》風生《ふうせい》

木耳《きくらげ》

ある日突然、木耳に対する偏愛があることに気がつきました。

あれはたしか、数年前のこと。台所の引き出しの整理をしていたのです。もともと乾物は好きだったので、冬ごもりのための貯蔵をするリスのように、やたらにたくさんの乾物をためこむ性癖はありました。その日も、たまりすぎて使いきれず、ついには消費期限切れとなってしまった乾物を、泣く泣く整理していたのです。

干しエビ。木耳。あおさ。黒豆。木耳。干し貝柱。木耳。木耳。

……木耳率が、高いのです。こんなに買いこんで、いったい何に使うつもりだったのか。

木耳を使う料理といえば、我が家では木須肉《ムースーロー》。たまご、木耳、春雨、豚肉、長ねぎをいためあわせる中華のお総菜です。あとは、焼きそばやラーメンに入れることもあるのですが、干し木耳は戻すのに時間が必要なので、その時の思いつきでちゃちゃっと具を決めることの多い麺類には、ほとんど使わない。というわけで、とうていこれだけの乾燥木耳を消費できるはずもないのに、いったいこの買いこみかたは、どうしたことなのでしょう。けれど、思い返してみれば、「なんとか物産展」や出先の食料品店で木耳の袋を見ると、居ても立ってもいられず、いそいそと購入していた自分の姿が、はっきりと脳裏に。

きのこがことさらに好き、というのとも違うのです。きのこの中でも、木耳だけ、なのです。あの不可思議な噛《か》みごこちがいいのかもしれません。歳時記にも、「いくぶん飴《あめ》いろがかった、ぶよぶよした茸で、ひとの耳に似ているところからこの字を当てた。同時に、ぶよぶよしたところがくらげに似ているため、この呼び名がついた」とあります。そうか、ぶよぶよがよかったのか……。

休らふや木耳生えし倒れ木に

増《ます》田《だ》手《て》古《こ》奈《な》

この句は、倒木に実際に生えている、まだ乾燥していない木耳を詠んだもの。このごろ、スーパーマーケットで、たまに生の木耳を売っています。乾燥木耳を戻したものよりも、いっそうたっぷりとぶよぶよを味わえるので、少し高いのですが、こちらもものすごい勢いで買いこんでしまうわたしです。ただ刻んで、ごま油でいためて、お醬油《しょうゆ》をじゅっとたらすと、なかなかのものなんですよ。

李《すもも》

この連載が始まって、数年たつのですが、各年度の六月号でとりあげてきた過去の季語を見返してみて、びっくりしました。「黴」「こうもり」「ががんぼ」「蚯蚓」「業平忌」「木耳」です。すべてみな、湿った暗いかたすみに存在するものばかりではありませんか。もちろんこうもりは、大空をはばたきます。でも、広い大空とはいっても、はばたくのは日が暮れる頃。暗い中、こうもりの飛ぶ気配を感じるのは個人的には大好きなのですが、なんとなく、マイナー。ががんぼも、個人的には大好きな昆虫ベストスリーに入りますが、世間的には、ひっそりと隠れている感じのものです。在原業平は、この中ではかなり輝かしい存在ですが、なにせ忌日です。木耳も、色味に乏しい地味なやつだし……。

日本の六月という季節が、そもそも梅雨さなかの湿っぽい時期なのです。歳時記の季語を眺めても、地道で陰にかくれているような雰囲気のものがほとんど。だから、今回は六月でも華やかな季語を、と捜しに捜して、「すもも」を見つけました。

歌人の東直子《ひがしなおこ》さんは、俳句をつくる俳号が「すもも」です。せつなくて、しっとりしていて、それでいて鮮烈な印象を残す東さんの作品に、なんとぴったりではありませんか（ちなみに、二十年ほど前に東さんと一緒に属していた俳句同人誌でのわたしの俳号は「木星」。糸井《いとい》重里《しげさと》さんのつくったゲーム「マザー2」に登場する、不思議な生物「どせいさん」にちなんでいます。ご興味のある方は、ネットで「どせいさん」の姿を調べてみてくださいね）。

すももの味って、独特です。すっぱめのものも、甘めのものも、大好きです。そらまめとすももは、季節の間、出ている限り、買いつづけ、食べつづけることにしています。旬のものが旬の季節だけに八百屋さんに出まわることは、年々少なくなっていて、多くのものが一年を通じて手に入ってしまうのですが、そらまめとすももは、まだ旬の限定感を残しているように思われるのも、嬉しいのです。

白シャツになりすもも食ふすもも食ふ　　木星

同人誌時代の自分の句を、選んでみました。決して上手な句ではありませんが、不思議にこの句が好きなのです。白いシャツには、必ずすももの赤い汁をこぼしてしまう、その冒瀆《ぼうとく》的な感じを詠んでみたかった、という記憶があります。

半夏生

「半夏生」と書いて、「はんげしょう」あるいは「はんげしょうず」と読みます。季語には、愉快系季語――「浮いて来い（お風呂の中などで遊ぶおもちゃ。中に空気が入っていて水に浮いてくることから、この名がある）」「木《こ》の葉《は》髪（晩秋から初冬の時期は、髪の毛が抜けやすいので、まるで木の葉が散るよう）」「蛙《かわず》の目借時《めかりどき》（春に蛙が鳴く時期は、なんとなく眠い。蛙に目を借りられているようではないか）」――と、すてき系季語――「春愁《はるうれい》（文字どおり、春の愁い）」「夜半《よわ》の秋（秋の夜の中でも、いっそうふけわたった雰囲気である）」「淑気《しゅくき》（お正月の、なごやかでめでたい感じ）」――があるような気がするのですが、半夏生は、わたしにとっては、すてき系の季語です。

まず、その響きが、すてきです。漢字も、すてき。「半夏生《はんげしょうず》」は、七十二候で言うと「夏至の末候」にあたる期間のことです。ちょうど梅雨が明け、田植えも終期となる時節ですが、同時に、そのころに生えるドクダミ科の植物のことも、「半夏生《はんげしょう》」というのです。時期と、植物と、両方の意味をもつ季語なのです。植物の半夏生は、水辺に生える、六十センチほどの高さになる多年草。明るい色の葉、白い穂のような花、名前のとおり、すてきな植物です。

こんなにすてきな季語ですが、半夏生という季語を使った俳句を、今までわたしは一つもつくったことがありません。同じ仲間のドクダミならば、けっこうたくさんつくっているのですが。それにしても、半夏生とドクダミ、同じ仲間なのに、ずいぶんと印象が違います。名前の響きもですし、扱われかたもです。なにしろドクダミは、庭に生えはじめると、決して消えてくれない植物です。むしってもむしっても、地下茎でつながっているドクダミは、いつまでも粘り強く生え出てきて、庭仕事をする人のたいがいは嫌っている植物だなあ、という印象。

いつまでも明るき野山半夏生

草間時彦《くさまときひこ》

この句の半夏生は、季節ではなく、植物であるような気がします。明るい野山に、真っ白い半夏生の花。歳時記の中の半夏生の愛でられかたを見ているうちに、ドクダミのことがかわいそうになってきました。そういえば、庭のドクダミの花が、少し前から咲きはじめています。昨日まで、「まったくどんどん増えて、邪魔だなあ」と思っていましたが、今日は折りとってガラスの容器にさし、ひとつ、愛でてやることとしましょうかね。

団扇《うちわ》

冷房が苦手なので、家にはたくさんの団扇があります。この原稿を書くにあたって数えてみたら、大きいのから小さいのまであわせて、なんと全部で二十三枚もありました。

それぞれに特徴があって——ひとあおぎあたりの風がとても多い、とか、模様がかわいい、とか、模様がぜんぜんかわいくなくてかえって妙にかわいい、とか——手放しがたく、始末せずに全部とってあるのですが、なかでもことに大切な団扇があります。

「轟天《ごうてん》」と名づけたその団扇は、「劇団☆新感線」の劇を見に行った時に手に入れた団扇です。「劇団☆新感線」に所属する役者さんである橋本《はしもと》じゅんさん演じる「轟天」という人物の大アップ写真が、この団扇にはプリントされています。「轟天」は、ブルース・リーが毒々しく且《か》つ愉快になったような人物で、目を大きくむき、顔じゅうにしわを寄せ、口はがーっと大開きにし、ともかく「ものすごい」表情をしている。それが普通のサイズの二倍くらいある団扇に、でかでかと印刷されているわけです。

「轟天」は、魔よけに使っているのです。近所で空き巣が多発した時。この職業をしていると時おりあらわれる「ストーカー」的な人につきまとわれた時。ひどい雷が鳴っておびえている時。ホラー映画を見はじめてしまってから、「あっ、そういえばホラーって、ものすごく苦手なんだった」と気づくも、途中でやめて結末を見ないのはもっと怖くて、にっちもさっちもいかなくなった時。そのようなおりおり、わたしは「轟天」をにぎりしめ、ばたばたと自分をあおぎ、「こんなものすごい顔の人が風を送ってきてくれるんだから、だいじょうぶ、だいじょうぶ」と、心を落ちつかせるのです。

へな〱にこしのぬけたる団扇かな　久《く》保《ぼ》田《た》万《まん》太《た》郎《ろう》

愛用しすぎたせいか、「轟天」もだんだんにふちからはげちょろけてきました。現代の団扇は、万太郎の時代とちがって骨がプラスチック製なので、腰がぬけることはないとは思うのですが、ちょっと心配。こんなに迫力ある「轟天」も、時間の流れには勝てないのかもしれません。ちなみに、ふだんの橋本じゅんさんは、「轟天」とは正反対の白皙《はくせき》で涼やかな表情の役者さん。名バイプレイヤーの方がたの化けかたには、ほんとうにいつも、ほれぼれさせられます。

雷鳥

雷鳥を実際に見たことが、一度だけあります。中学生の時です。

たとえば、一晩中をかけてのハイキングや、何十キロかの遠泳、などの行事が伝統的におこなわれる学校があります。そこまで本格的なものではないけれど、わたしの通っていた女子中学校は、山のぼりに力をいれていたのです。毎回の遠足は、必ず登山でした。生徒たちは、入学時に学校指定のサブバッグや制服とともに、登山用の靴と学校のマークの入ったリュックサックを購入することになっていました。最初の登山遠足の前には、リュックへの荷物の詰めかたを学ぶために、授業をつぶして二時間ほどの訓練があります。実際にリュックと持ち物を学校に持参し、その場で詰めるのです。

高尾山から始まり、年に数回ある遠足では、関東近辺のさまざまな山に登りました。そして白眉は、中二の夏期学校。新潟の宿舎に泊まり、二日目に、火打山《ひうちやま》のてっぺんまで日帰りで登るのです。ネットで火打山の登山難度を調べてみると、「中程度」とありますから、さほど困難な登山ではないはずなのですが、山への興味がない者がほとんどの、硬軟とりまぜた女子中学生百数十人を引率して「中難度」の山へ連れてゆくのは、先生がたにとって、かなり難儀なことだったのではないかと、今になってあらためて頭がさがります。

昼少し過ぎに途中の山小屋に着き、昼食をとりました。そこで、てっぺんまでの登山を希望する生徒と、もう無理だから引き返すことを希望する生徒を二組にわけ、いよいよ午後は登山組が山頂をめざします。

雷鳥を見たのは、山小屋を出て一時間ほどたった時でした。ふくふくと太った、夏羽の茶色い雷鳥が数羽、山の斜面をのんびりと歩いています。何十人もの女子中学生が、かしましく雷鳥たちについて声をあげるのにもまったく動じず、飛び去ることもなく、列をなして歩いてゆくのです。

雷鳥、すごい。単純に、そう思いました。頂上まで登り、下山した時には、斜面には雷鳥はもういませんでした。灰色の雲が空をおおい、じきに雨が降りはじめました。雨がっぱごしに大粒の雨に打たれながら、雷鳥たちの歩くさまを、すでに遠い記憶をたどるように、思い浮かべていました。

登山綱《ザイル》干す我を雷鳥おそれざる

石《いし》橋《ばし》辰《たつ》之《の》助《すけ》

夏《なつ》館《やかた》

つねづね、季語には驚かされることが多いのですが、「夏館」ということの言葉が季語だと知った時にも、驚きました。家そのものが季語になるなんて！

歳時記で意味を調べますと、「夏らしいしつらえのしてある館のこと」とあります。でも、「夏らしいしつらえ」というものが、よくわかりません。それで、俳句の先輩に聞くと「うーん、簾《すだれ》をつってあったり、葭簀《よしず》をたててあったり、あとは風鈴が軒下に下がっていたり、それから朝晩には打ち水をしたりする、そんな家のことを指すのかしらねえ」との答え。

いったんは、「なるほど」と頷《うなず》いたのですけれど、そのような和風の夏じたくに、「館」という文字は、フィットするのだろうか？　と、また首をひねりました。

夏館、という言葉からは、高原の別荘が連想されるのです。洋風で、暖炉などもそなえた、由緒正しい、というふうな。けれど先輩によれば、もちろん別荘地の洋館もあてはまるけど、町なかの和風家屋も、「夏館」と呼んでいい、とのこと。

結局「夏館」の真の姿を、まだ自分は全然知らないことに今回気づき、『図説　俳句大歳時記』を調べてみました。すると、〈「あやしき家に夕顔の白く見えて蚊遣火《かやり》ふすぶるもあはれなり」、というような『徒然草《つれづれぐさ》』の世界は、「夏の宿」であって、夏館はある程度の大きさをもつ家居の感じをもっている〉と、書かれているではありませんか。「夏館」の季語がはじめて使われたのは、明治時代だそうです。いくつかある「夏館」の句を見れば、なるほど明治の人があこがれた「洋館」の感じが強いように感じます。

ロン〳〵と時計鳴るなり夏館

松《まつ》本《もと》たかし

ところで、昨今の猛暑の前では、「夏らしいしつらえ」である風鈴や打ち水や簾は、冷房設備に負けて、実際にはあまり出番がないような気がします。季節のしつらえ、というならばむしろ、十二月が近づくと飾られる家々の電飾のほうが、一般的になっているのかもしれません。そういえば、「冬館」という季語もあります。現代の館関係ならばむしろこちら？　いやいや、庶民の家はやっぱり「館」ではないから、「冬の宿」？　うーん、これだと、俳句でなく、演歌の世界に突入しますね……。

漆《うるし》搔《かき》

今回は、少しばかり日常生活から離れた季語です。漆搔、とはすなわち塗りものなどに使う漆を、漆の木から採集することです。

漆を使ったものは、今のわたしたちの日々の中には、めったに見いだせません。たとえば、お正月にだけ使う特別のお椀や重箱。上等なのでいつもは棚の奥にしまっておくお盆。そんなものしか、わたし自身思いつきません。

ところが、数年前に突然この「漆搔」という言葉を、実際に漆搔をおこなっている人から、直接聞くことになったのです。

その人とは、漆を使った器をつくる「塗師《ぬし》」の、赤木《あかぎ》明登《あきと》さん。大きな人だなあ、というのが第一印象でした。背が高い、というのもあるのですが、それよりもその人自身の雰囲気が「大きい」感じ。でも、身軽で、お酒が強くて。

夏になると、工房のある能登の山中の漆を搔くのだと、赤木さんは言います。漆は、かぶれます。昔わたしの父が、新しいちゃぶ台を買ったのはいいけれど、まだ乾ききっていなかった漆に体じゅうかぶれてしまった、という話は、実家の食事時の定番の話題でした。木に少し触れただけでかぶれるといわれるその漆を掻くと、かぶれるどころではなく、体じゅうが真っ赤に腫れあがってしまうのだと、赤木さんは言うのでした。

「大変じゃないですか」と驚くと、赤木さんはふふふと笑い、言いました。

「でも、やがては治るんです。あれは不思議だなあ。そして次からはもう腫れない」

体じゅうが真っ赤に腫れても、漆を掻いてきたわたしたち日本人。そして、今もその昔からの仕事を受け継いで漆を掻いている赤木さんや幾人もの職人さんたち。わたしにとっては、想像もつかない、遥かな景色です。

赤木さんは、大学の哲学科を卒業して編集者をしていたけれど、ある日突然塗師になろうと決意して、師匠を求めたそうです。生きようも、自在だなあ。ちまちまと町の片隅で生活する自分に飽きると、わたしはだから、赤木さんの漆掻のことを想像してみるのです。腫れるの、痛そう！　と思いながらも、山の精気をたっぷりとわけてもらえるようで。

谷深うまこと一人や漆掻　　河《かわ》東《ひがし》碧《へき》梧《ご》桐《とう》

雷

ときどき、わたしの読書には「フェアー」期間が訪れます。

おととしは、山田風太郎《やまだふうたろう》フェアーで、去年はレベッカ・ブラウンフェアーでした。なに、たんにその作家の手持ちの本を全部読み返すだけなんですが、「今自分は、自分企画フェアーのまっさいちゅう」と思うと、なんとなく楽しいではありませんか。

今年（二〇一三年）は、春からどっぷり岡本綺堂《おかもときどう》フェアーとなりました。綺堂といえば、『半七捕物帳』。テレビでもおなじみの捕物帳ですが、岡本綺堂を読むのは、はじめてでした。ですから、いつもの「読み返しフェアー」ではなく、今年は「初読みフェアー」。

『半七捕物帳』は、聞き書きの体裁をとった小説です。物語の中では、半七親分はずいぶんと前に引退していて、語り手が親分に聞く昔の思い出話を書きつける、というつくりになっています。半七が現役だったのは、江戸時代の終わりころ。そして物語の中の現在は、明治維新後の新しい町、東京。現代からすれば明治だって昔なのですが、読んでいるうちに、「このごろの明治の世にくらべて、江戸の世はそうだったのだなあ」と、入れ子のようにタイムスリップしている心もちになってきます。気分はすっかり明治人。

そんなふうに感情移入できるのは、小説の中の自然描写が素晴らしいからです。新年の底深い寒さ、次第に春めいてくる町なか、梅雨のしめった空気、夏の夕方の風、秋の紅葉の美しさ。事件の解決も興が深いけれど、半七の目を通したそれら江戸の自然が、なんともおもむき豊かに描かれているのです。

中に、「江戸のころは、激しくて突発的で、けれどすぐにあがるにわか雨が多かったのに、このごろの明治の夏はろくに雷も鳴らないなあ」という意味の言葉を半七親分が喋《しゃべ》る場面もありました。へえ、江戸って、今の東京と同じような、あのスコールめいた雨がしょっちゅう降っていたのかと、驚きました。

雷が落ちてカレーの匂ひかな

山田《やまだ》耕司《こうじ》

これは、現代の俳人の作品。夏の夕刻のむっとした雨上がりの空気と、カレーの匂い。思いつきそうで、なかなか思いつけない取り合わせに、はっとします。好奇心旺盛な半七親分が現代にやってきたら、案外カレーが大好物になったかもしれませんね。

青《あお》鬼灯《ほおずき》

七月の九日と十日、東京・浅草寺《せんそうじ》には、鬼灯市が立ちます。お参りをすると功徳《くどく》があるといわれるこの日にお寺さんに参ったあと、人びとは青い鬼灯の鉢を買い求めて帰るのです。鬼灯市の立つこの時節には、思い出があります。二十数年前のことです。七月の中旬、すでに鬼灯市は終わっていた時期でしたが、わたしは芥川賞候補の一人となり、賞の発表を待っていたのです。夕刻五時から始まるという選考会は、七時半になっても終わらず、なかなか当落の知らせは来ませんでした。八時近くなってからようやく受賞の知らせが届き、待ち疲れと受賞の興奮とでへたりこみそうになりつつ、わたしは記者会見のために有楽町の東京會舘へと急いだのでした。

何がなんだかわからないうちに記者会見は終わり、それで解散かと思っていたら、なんと受賞者は、慣例により選考委員の待つ「銀座のクラブ」へと行くことになっている、というのです。

銀座のクラブ。

当時神奈川の温泉町で専業主婦をしていたわたしとは、まったく縁のない場所でした。いったいどんな場所なの、銀座のクラブって？　と、どぎまぎしながら連れてゆかれたそこは、想像していたような派手派手しい場所ではなく、センスのいいシンプルな装飾の、でも、座っている女性たちだけは、たいへんに美しく華やかな場所でした。

そこにいらした数名の選考委員の方がたにお祝いの言葉をいただき、上気したまま三十分ほど「銀座のクラブ」で過ごしました。俳句をわたしがつくると知った一人の選考委員のかたが、わたしの句に次の七七をつけてくださり、さらにもう一人の選考委員のかたが次の五七五をつけ、即席の連句を、三句だけ巻いたことを覚えています。

お店を出る時に、お店のご主人である女性が、青鬼灯の鉢を一つ、みやげにと手渡してくれました。鬼灯市で買ってきたんですよ。ご主人は、笑いながら言いました。まだ受賞の実感はまったくわかぬままに、わたしはその鬼灯の鉢を、神奈川の温泉町まで、胸元にぎゅっと抱えて帰ったのでした。

地にちかく青ほゝづきのふくろかな　　恆郎

秋

天の川

　昔、と書きかけて、「昔って、どのくらいだろうか」と、考えこみました。十年ひと昔、という言いかたがあるならば、わたしが生まれてからすでに六昔以上過ぎているわけで、それならば小さい頃の話は、堂々とした「昔」だなと、安心しました。いや、文章上は「安心」ですが、実際の心は「そんな昔の人間なんだ、わたし……」と、少しびっくり。はい。時々する、昔の話を、今回もいたします。

　育ったのは、東京二十三区内でした。家からは天の川が見えました。タヌキやイタチが跋扈《ばっこ》していました。カブトムシはわさわさ獲れました。運動会の徒競走のスターは足袋で走っていました。お手洗いはポットンでした。『三丁目の夕日』の世界よりも、さらに東京都心から離れている感じでした。

　そうなのです。東京でも、天の川が見えたのです。という話も、以前しましたね。

　ところがある日、おないどしで、東京のまんなか、新橋育ちの知人が、言ったのです。

「カワカミさんは東京育ちだから、天の川なんて見たことがないでしょう。野外でキャンプするのなんかも苦手そうだし」

「いえいえ、天の川、たびたび見ましたよ」

答えると、知人はふうんと言い、

「じゃあ、お母さんかお父さんのふるさとかどこかで？」

と聞くではありませんか。いいえ、東京の実家から見えましたよ。え？　まさか。東京じゃあ、天の川なんか見えるわけないでしょ、わはは。でも……。

というようなやりとりが続き、なるほど同じ東京でもわたしの住んでいた場所は自然にめぐまれていたのだなあ（あるいは、開発が進んでいなかったのだなあ）と、複雑な気分に。

天の川を銀河とも言うのだと知ったのは、中学に入ってからです。確かに銀の河だと感心したものでしたが、その頃くらいから、天の川はわたしの家からも見えなくなりました。

荒海や佐渡に横たふ天《あまの》河《がわ》　　芭《ば》蕉《しょう》

夏の夜、天空を横切る天の川の、あまりに多い星の数にくらくらした記憶は、今もあざやかなんですがね。

西《すい》瓜《か》

あ、西瓜が食べたい。毎年そう思う瞬間があります。その夏はじめて気温が三十一度以上になった日の、午後です。こわいくらい正確に、三十一度。毎年手帳に記録してあるので、間違いありません。

よく熟した西瓜をまるのまま冷やしたものに包丁を入れた時の、はじけるような「ざくっ」という音を想像すると、もういてもたってもいられなくなり、八百屋さんに走って行きます。うちの冷蔵庫はそんなに大きくないので、小玉西瓜を買います。半月がたに切ってあるものも売っていますが、やっぱり西瓜のあの、ざくっ、が大事なので。

我慢して翌日まで冷やし、満を持してしずしずと包丁を西瓜の縞《しま》に当てる時の、ときめき。こんなに簡単に幸福になっていいのかいな、と自分を怪しみながら、まっかな西瓜の果実にかぶりつきます。皮の青みがあらわれるまでていねいに食べて、最後には、お皿に残ったうす赤くて甘いおつゆも、ちゃんと飲みます。

そういえば、先日、西瓜をめぐる不思議な夢をみました。フェーン現象とやらで突然暑くなった日の午後のことでした。あまりの暑さに、食後ソファーに横たわりました。はっと気がつくと、ずいぶん長いあいだ会っていなかった友だちが訪ねてきているではありませんか。びっくりして起き上がろうとしても、体がしびれたようになって動きません。友だちは、おいしそうに西瓜を食べています。わたしにもちょうだいよ。必死に口だけ動かして頼むのですが、友だちは聞く耳もたず、ついに西瓜まるごとをたいらげ、にこにこしながら去っていってしまった……そんな夢でした。

はっきり目覚めてからも、まだわたしは友だちに腹をたてていました。どうして西瓜をわけてくれないのよ。けれど次の瞬間、彼女がすでに亡くなっていることに気がついたのです。それでもやっぱり、かすかな腹だちはまだ残っていて。壁の温度計を見やると、気温はまさに三十一度。泣きたくなるほど好きな友だちだったのに、西瓜欲はそれをも打ち負かすのかと、驚くやらがっかりするやら。自分の食い意地のはりかたを、あらためて思い知った、暑い暑い午後でありました。

風呂敷のうすくて西瓜まんまるし

右《う》城《しろ》暮《ぼ》石《せき》

枝豆

　秋の季語・意外ベストスリーと、わたしは呼んでいます。すなわち、朝顔、枝豆、西瓜。この三つ、正真正銘、秋の季語なのです。どれも夏どまんなかのもの、という印象にもかかわらず。

　でも、よく考えると、朝顔が咲くのは、宿題で育てた記憶をたどると、たしか夏休みの終わりごろでした。枝豆も、だだ茶豆は八月に入ってからが最盛期のような気がします。西瓜だけは、少しでも暑くなったらすぐさま買いに走るわたしですが、昭和の頃の夏を思いだしてみれば、いちばんよく食べたのは、八月のお盆の前後だったのではないでしょうか。

　歳時記での夏は、八月のはじめ、立秋の前日でおしまいです。立秋は、たいがい八月七日。感覚的にはまだまだ夏のまんなかなのに、八月七日過ぎは、暦の上では秋、ということになってしまうのです。それならば、朝顔も枝豆も西瓜も、秋のものなのかもと、一瞬は納得するのですが、同じ秋でも、十月や十一月過ぎといった、秋も深まる時期には、この三つ、まったく似合いません。いわば、限定的な初秋の季語、とでも言えばいいでしょうか。

さて、わたしは枝豆が、ともかく好きなのです。歳時記など無視して、六月の出始めから、十月の出終わりまで、八百屋さんの店先に出ている限り、食べつづけます。

ちなみに、枝豆のゆでかたには、そのときどきのマイブームがあります。

柔らかゆで期↓固ゆで期↓↓気まぐれ期

このサイクルを、二週間周期くらいで繰り返すのです。

塩の具合も、またいろいろ。食べる直前にゆでるか、それとも前日にゆでて塩味をしっかりしみこませるか、ということもあります。それらを組み合わせると、十通り以上のゆでかたと味つけかたがあり、さらに枝豆の種類によっても、味はかなり変わってくるわけです。数ヶ月間食べつづけても、決して飽きないゆえんでありましょう。

枝豆や三寸飛んで口に入る

正《まさ》岡《おか》子《し》規《き》

水引の花

突然、庭仕事をするようになりました。

そもそものきっかけは、庭にゴミが投げ入れられるようになったことでした。どうも、うちの雑草でぼうぼうの庭（というか、ネコの額というか）は、世の人たちの「何かを捨てたい欲」をかきたてるようなのです。煙草の吸い殻。マクドナルドの紙袋。メロンパンの空き袋。パインジュースの空き缶、片方だけの古靴。

なぜよその家ではなくうちなのだろうと、じっと雑草の庭を眺めてみると、なるほど、この雑然とした場所を、さらにカオスにしてゆきたいという欲望が、わたし自身にもわいてくるではありませんか。だめだこれは。ちゃんとしたきれいな庭（というか額）に変えて、カオス欲をさそわないようにしなければ。そう決意したわたしは、ネットで園芸サイトをめぐっては、数百円で買える花の苗を注文しはじめたのでした。

苗が到着し、植えつけ、しばらくは勤勉に草むしりやら水やりをおこないます。けれど、そもそも庭仕事はめんどうでしかたがない質《たち》、二週間ほどたつと、「ま、大丈夫だよね、先週草むしりをしたし」などと言いながらすぐにさぼりはじめる。

冬ならば、それでいいのです。でも、夏の草の成長はいちじるしい。それも、雑草は驚くべき勢いで成長します。はっと気がつくと、植えたはずの「イングリッシュガーデンふう花の苗」は、オオバコとハコベとイヌホオズキとメヒシバとその他無数の草に侵食され、せっかく咲いている花も見えなくなっているではありませんか。

水引はゆふぐれの花影さへなし

福島《ふくしま》小蕾《しょうらい》

それでも、暦の上で秋が近づいてくると、雑草も秋めいてきます。えせイングリッシュ・ネコの額ガーデンに、エノコログサや水引草がまじり、なんとなくおもむきが深くなってきて。このころになると、夕方になれば少し暑さがおさまる日もあるので、ふたたび草むしりも再開します。ヤブ蚊の襲来は激しいけれど、がんばるのです。そうですね、たっぷりと、五分間は。五分間集中してむしった後は、部屋に戻り、プシッと缶ビールのプルトップを開けます。ああこの至福の時間。いやあの、五分って、短いですか。短いですね。でもそれが、庭仕事嫌いの人間の限度なんです、すみません……。

生姜《しょうが》

「生姜」という季語の季節が秋だ、と知った時、少し意外な気がしました。なぜなら、八百屋さんに新生姜（ひね生姜よりもみずみずしくて、全体はクリーム色、そして端っこだけがピンクに染まっている、あれです）が並ぶのは、初夏から八月にかけてだからです。

てっきり、「生姜」という季語の季節は夏なのだと思いこんでいました。

ところが、歳時記では、「生姜」は、秋の季語。よく見ると、「新生姜」と「生姜」は、それぞれ別の季節の季語として載っているのです。「新生姜」のほうは、夏。「生姜」は、秋（「新生姜」を秋に分類している歳時記もあって、その場合「新生姜」は「生姜」の派生季語となっています）。ちなみに、新生姜は、将来ひね生姜となるものを、若い時期に収穫して出荷したもの、とのことです。そうか、あの新生姜を、もっとずっと地面の中で育てていくと、ひね生姜になるのか、と、この原稿を書くにあたって、はじめて学んだ次第です。

新生姜は、甘酢漬けにすることが多いと思うのですが、わたしが好きな食べかたは、新生姜を千切りにしたものと、牛肉の薄切りを炒めたもの。味つけは、オイスターソースで。

八月はまだまだ暑いのに、立秋（たいがい八月七日です）を過ぎると、暦の上では、もう秋です。「暑さ」は夏の季語ですから、俳句の世界では、八月七日を過ぎて秋になると、「暑さが激しい」とは言わず、「残暑が厳しい」と表現するようになるのです。

わたしが若い頃、世間には「暑中お見舞い」や「残暑お見舞い」の葉書を、友だちや先生に出す慣習が、まだ根づいていました。夏休みが始まってからすぐに出せばいいのに、「明日書こう」と思ったその明日がくると、また「明日書こう」と、一日のばしにしているうちに、「暑中お見舞い」ではなく「残暑お見舞い」の時期になってしまったことを、少し苦く思い出したりします。「暑さ」という言葉には、ある勢いがありますが、「残暑」には、ぐったりした感じがふくまれているように思います。それまで続いてきた暑さゆえに、体には疲れがたまっているし、夏休みは次第に減ってきて、宿題は全然かたづいていない……。

それならば残暑は嫌いかというと、そうでもないのが、不思議なところです。「残暑が厳しいですねえ」と、世間話の最初のあいさつとして口にしあうと、妙な連帯感牛肉と新生姜の量は、できれば1対1ほどに。かなり生姜の効いた味になるのではないかと思われるかもしれませんが、炒めると辛さが薄まって、ほどよい塩梅《あんばい》になります。

ひね生姜のほうは、香辛料として使うことしか思いつかなかったのですが、先日、「生姜焼きそば」のレシピを、友だちに教わりました。ひね生姜を思いきりたくさん千切りにし、焼きそばと一緒に炒め、味つけはナンプラーのみ。好みでパクチーもどうぞ。こちらも、新生姜と牛肉の炒めものと同様、できるだけ生姜の量は多く、とのことでした。けっこう辛さは強いのですが、ピリ辛が癖になる、たまらん味です。お酒の〆《しめ》に食べると、止がわいてくるような気がします。これが、「春雨がしとしと降ってますねえ」だの「秋の虫の音がきれいで」などといった、しんみり美しいあいさつでは、なんだかよそよそしい。ひとは、苦しみを共にしたり、軽い愚痴を言いあったりしたほうが、互いの距離が縮まるのですね、きっと。

牛部屋に蚊の声くらき残暑哉《かな》　　芭蕉

　蚊の飛ぶ音が、「くらい」という表現が、絶妙です。初案では、「牛部屋に蚊の声よはし秋の風」という句だったといいます。秋になって、蚊の羽音の勢いが弱まるのは、あたりまえといえば、あたりまえのこと。耳に感じる「ぷーん」という羽音を、「くらい」という視覚に転じたことが、この句のすばらしさである、という解説を読んだことがあります。

　確かに秋の蚊の羽音は、夏のものに比べて「くらい」感じがします。牛のいる部屋の暗さとも響きあっていて。でも、弱まっているはずの秋の蚊のほうが、刺されるとより痒《かゆ》い気もするのです。生命の尽きる前の最後の足掻《あが》き、でしょうか。そしてやがて、しのぎがたい残暑の中にも秋風がたちはじめ、いつの間にか蚊の姿もみえなくなってゆくのです。

つくつくぼうし

こんなに暑いのに、と嘆きながらも、立秋という言葉を聞くと、気持ちだけはほんの少しだけ、涼しくなります。

夏から秋という季節は、たくさんの鳴くものが野に満ちています。セミも、秋の虫も、やがて寒さがやってくる前のこの季節のなか、せいいっぱい声をはりあげてつがう相手に呼びかけて、子孫を残してゆくのです。

七月の、ジージー鳴くアブラゼミや、シャーシャー騒ぐクマゼミにくらべて、立秋過ぎに鳴くセミの声は、何かものなつかしいような。ヒグラシがカナカナ鳴くと、もう夏も終わるのだなあと思い、ツクツクボウシが鳴くと、早く夏休みの宿題を終えなきゃと、宿題がなくなった今も反射的に思う。そういえば、ヒグラシの声のあのさみしさから、以前はツクツクボウシよりもヒグラシのほうが遅い時期に鳴くセミなのだと思っていました。けれど実は、ツクツクボウシこそが、夏の終わりのセミなんですね。十数年前から、わたしはセミの鳴きはじめ記録をつけているのですが、どの年も、最後に鳴きはじめるのはツクツクボウシ。ヒグラシは案外早くて、七月の終わりにはその声を聞くことができます。

つくつくぼーしつくつくぼーしばかりなり　　正岡子規

九月になっても、ツクツクボウシは鳴きます。たまに、遅く出てきてしまったアブラゼミが真夜中にジージーいっていたりもしますが、次第にセミの声はまばらになってきて、いつの間にか地面で鳴く秋の虫ばかりになっている。そんな頃に、町はずれの欅《けやき》林まで散歩にゆくと、この句のとおり、ほんとうにツクツクボウシばかりが、梢《こずえ》の高いところから声をふらせているのです。

茫洋《ぼうよう》とした繰り返しをみせるこの句、ツクツクボウシの独特な鳴きかた、「ツクツクボウシ」がいつの間にか「オーシツクツク」になっていき、そのことに気がついた瞬間、あたりの風景が知らない間に少しずれてゆくような、あの感覚をよくあらわしているなあと思います。もしかすると重い病に臥《ふ》せっている子規にとっても、世界は少しずつずれてゆくものだったのかもしれないな、とも。

燈《とう》籠《ろう》

母の実家は、仏具屋でした。

仏壇、数珠、経本、仏壇まわりのさまざまな用具などが店じゅうに並べられた、東京の下町にある母の実家に行くのが、子供の頃から大好きでした。勤め人の家庭で育ったので、商家というものが、ものめずらしくてしかたがなかったのです。

二階建てのうち、二階は住居、一階が店舗でした。一階のどんづまりは小さな倉庫になっており、倉庫の少し手前の部分には、住みこみの職人さんたちのための部屋がありました。今はそのような形の商家はほとんどないと思うのですが、わたしが幼かった頃の昭和の後半までは、住みこみの男衆女衆のいる店は、下町のほうにはことに、まだまだたくさんあったように思います。

住みこんでいたのは職人さんだけではありませんでした。行儀見習いをかねて、祖母の里である群馬からやってきた女の子も二階の小さな和室に住みこみ、店の仕事と家事とを、こまごまと手伝っていました。たいがい女の子は、二十歳を少し過ぎると故郷に帰って結婚します。十六歳くらいでやってきた女の子は、最初は素朴で服装も子供じみていますが、故郷に帰る頃になると、ずいぶんと大人らしくあかぬけてゆき、子供ごころに、「女のひとって、すごいものだなあ」と、感心したものでした。


あれはわたしが十歳くらいの頃だったでしょうか。新しく行儀見習いに来た女の子が、毎夜布団の中でしくしく泣いているというのです。驚いた祖母が問い詰めたところ、

「店にある仏様や仏壇が怖い。ことに、燈籠が怖い」と訴えたというのです。お盆のための燈籠は、お盆が近づく時節には、いくつもお店に並びます。

「ご先祖さまがやってきて、布団の上でにらむ」

と、女の子は泣いていたそうです。ご先祖様っていうのは、そんな怖いものじゃないのよ、と、いくら祖母がなだめても、女の子は怖がることをやめず、結局二ヶ月もしないうちに故郷へと帰ってゆきました。今はたぶん七十歳少し手前くらいになるだろうあの女の子、故郷の群馬で、元気にしているでしょうか。

かりそめに燈籠おくや草の中　飯《いい》田《だ》蛇《だ》笏《こつ》

墓参

昔から、お墓参りが好きでした。なぜなら、お墓はたいがいの時、とてもすいていますから。反対に、行列に長時間並んだり、人出の多い催しに参加したりすることが、苦手です。一緒に行く友だちも、ぽっちりしかいませんし……。

三十分以上誰かと列に並んだとすると、おそらくわたしは次第に口少なになってゆきます。何を喋《しゃべ》ればいいのだろう。あ、もう話題がなくなった。しーん。気まずい、ああ気まずい。また、人ごみのなかでは、わたしは次第に不機嫌になってゆきます。なんでこんなにいっぱい人がいるのだ。押しつ押されつしなければならないのだ。ほらはぐれてしまった。しばらく待っても、誰からも携帯に連絡がない。自分なんて、いなくていいんだきっと。と、このように、気力も体力も人なつこさも何もない自分を確認させられるに決まっているので、ともかく人のたくさんいる場所は、ずっと避け続けてきたというわけです。

その点、お墓参りは、すばらしい。第一に、墓地はいつもすいています。第二に、お墓参りの時には、話題をさがす必要がありません。ただ黙ってしめやかにお墓を洗うなり線香に火をつけるなりしていればいい。第三に、お墓が整然と、あるいは古いものが少し列乱れて並んでいるさまを眺めることは、なんと落ち着くことなのでしょう。

人の多い場所を避けるあまり、息子たちが小さい頃も、某ランドや夏の海や行楽地にはほとんど行かず、お墓参りにばかり頻繁に行っていました。そのため、息子らはお墓参りというのはレジャーの一種なのだと思いこんだようで、帰り道には、「おはかまいり終わっちゃったよー」と、レジャーの終焉《しゅうえん》を惜しんで、しばしばべそをかいたものでした。あわれなわたしの子供たち……。

墓参り生ける者にて飲《おん》食《じき》す

山《やま》畑《はた》禄《ろく》郎《ろう》

墓参りに来た。生きているわたしたちが、食べたり飲んだりしている、という、なかなかに陰影のある句です。わたしも、お墓参りの時には、必ずお弁当を作ったものでした。中味はいろいろでしたが、初秋のこのころから旬となるかぼちゃは、必ず入っていました。今でも息子たちは、かぼちゃが好きです。お墓参りの日は、なぜだかいつもよく晴れていて、少しもそもそするかぼちゃの煮つけは、天気にも、お墓にも、よく似合っていたなあ。

瓢

「瓢」と書いて「ふくべ」と読みます。ひょうたんのことです。ほかに、「ひさご」という言いかたもあって、「ひさご」「ふくべ」という名の居酒屋をときおり見かけます。瓢簞《ひょうたん》は古来、飲料——わけてもお酒を満たしておく容器として使われることが、多かったからでしょうか。

「ふくべ」という響きを聞くと、わたしは「なんだかエッチだなあ」と、瞬間思ってしまうのです。たぶんそれは、「ふぐり」という響きを連想させること、そして、ひょうたんの形そのものが、同じく「ふぐり」を思わせることが、理由です。エッチ、と言っても、まあ、小学生男子、くらいのレベルのエッチですね。

小学生といえば、昔通っていた小学校の裏庭には、金属のフェンスがめぐらせてあり、そのフェンスには蔓《つる》植物がからまっているのでした。冬には枯れてしまう蔓でした。かぼちゃの葉に似ているけれど、もう少し小さめの、せいせいした青葉を茂らせるその蔓植物は、初夏になると白い花を咲かせます。

いったい、どんな実がなるんだろう。毎年思うのですが、そうするうちに夏休みに入ってしまい、二学期になって登校してくると、花はとっくにしぼみ、実も見当たらないのです。実のならない植物なのかな、とあきらめかけて、やがて四年生になった時に、その蔓植物が何だったか、判明することとなります。

四年生の夏休みは、学校にプールができた年でした。いつもならば来ることのない夏期休暇中の学校に、プール開放の日は入ることができ、それはとてもうきうきすることでした。プールの時間が終わり、着替えてなんとなく裏庭のあたりをうろうろしていると、用務員のおじさんが、蔓に下がっている実を、はさみでぱちんぱちんと伐《き》っているではないですか。蔓は、ひょうたんの蔓だったのです。

「一つ、あげようか?」用務員さんは言いました。こっくりすると、おじさんはわたしのてのひらの上に、青い青い小さなひょうたんを、そっとのせてくれました。

ふくべ棚ふくべ下りて事もなし

高《たか》浜《はま》虚《きょ》子《し》

ほんとうに、事もなし、というふうな、蟬の鳴く、平和でけだるい昭和の午後でした。

月

季語は、決然としているなあと、思います。

だって、季語の「花」といえば、ずばり、桜のことですし、「月」といえば、ほぼ九月（旧暦八月）の月だけのことを言うのですから。世界に花の種類は幾多あるのに、月は十二ヶ月ぶんさまざまにあるのに、この決めつけかた。最初に知った時は、「融通きかないぜ」と驚いたものでしたが、だんだんに慣れてきて、今では「花っていえば桜でしょ」と、平然と思っている自分の怪しさにも、驚きます。

九月の「月」でぱっと浮かぶのは、お団子をそなえススキを飾り月のウサギをめでる十五夜の満月だと思うのですが、そこにいたるまで、そしてそこを過ぎてからの月や夜にも、それぞれの名前がついていることを、わたしは俳句をつくりはじめるまで知りませんでした。まず、十五夜の前の夜は、「待宵《まつよい》」と呼ばれます。翌日の名月を心待ちにしているわけです。そして、十五夜当日に煌々《こうこう》と月があかるく出たならば、その夜の月は「名月」。もし雲に隠れて見えなければ「無月」、雨が降って見えなければ「雨月」。月が出なくても名前をつける執着の心に、びっくりします。十五夜の翌日は、「十六夜」。じゅうごや、という即物的な響きが、いざよい、というみやびな響きに突然変化する美しさは、どうでしょう。その翌日の月は、「立待月《たちまちづき》（立って待っているうちにのぼる月）」、さらに翌日は「居待《いまち》月（少し出が遅くなるので座って待つ月）」、またさらに翌日は「臥待《ふしまち》月（月の出も遅くなり臥せって月を待つ）」、また翌日は「更待《ふけまち》月（なお更けてからのぼる月。すでに半月に近くなっている）」。遊びごころたっぷりのネーミングですよね！　そして、更待月以降は、月は十時過ぎにならないとのぼらず、月の出までのその闇は「宵闇《よいやみ》」と呼ばれます。宵闇、という言葉は一年を通じた夕闇全体をさす意味も持つわけですが、九月の満月が欠けはじめてからの夕闇に限られるんだよなあ、俳句では、と思うと、何かの秘密を知ってしまったようなわくわく感があるではありませんか。

名月や池をめぐりて夜もすがら　芭蕉

東京は都市の光が強くて小さな星を見ることはかないませんが、月は大丈夫。芭蕉の見上げた月も、わたしの見る月も、同じ月なことが、なんだかとても嬉《うれ》しいのです。

良《りょう》夜《や》

「良夜」とは、月のよく照る、晴れた秋の夜のこと。そんな夜には、ひとは何をしているものなのでしょう。

わたしは、たぶん「読書」。職業柄、というのではなく、ともかく家にいる時は、常に活字を読んでいます。新聞でも、雑誌でも、小説でも、ノンフィクションでも、マンガでも、印刷してあるものならば、なんでもいいのです。

読書以外は、いかが？　と聞かれましたら、たぶん次は「テレビ」。われながらつまらない答えだと思うのですが、テレビ、好きなんです、とっても。このごろいちばんよく見るのは、ドキュメンタリー。動物もの、海外探訪もの、日本の秘境もの、人物もの、なんでもござれ、です。ドキュメンタリーの何が好きかといえば、ドキュメンタリーフィルムの画面にうつる、「物」。訪ねた家の棚にかざってある絵、花瓶、小物。車の走る道路ぞいにあるお店の看板。歩いている道の両側にある家々の窓。お店のショーウインドウ。海岸近くに置いてあるさまざまな漁業の道具。それら、実際に使われている「物」のたたずまいにじいっと見入るのが好きなので、ドキュメンタリーは、たいがい録画しておきます。そして、一秒の何分の一かの時間、画面の中にちらっとあらわれるそれら「物」を眺めるために、しばしばコマ送り操作をし、場面を特定し、固定するのです。

ドキュメンタリー本来の楽しみかたとは、少しずれているような気もしますが、それらの「物」とは、つまり、小説や詩の中での「細部」にあたる部分なのだと思うのです。たとえば知人の家に招かれた時、そのリビングにどんな「物」が置いてあるかないかで、その人の人となりを思い巡らせたりしません？　今そこにある細部を見ることによって、フィルムの背後にある膨大な情報を想像してみる、それが目下のわたしの楽しみなのです。

谷《や》戸《と》谷戸に友どち住みて良夜かな

永《なが》井《い》東《とう》門《もん》居《きょ》

「谷戸」は「小さな谷」、「友どち」は「友たち」です。この句の中の友たちは、いったい何をしているのでしょう。本やテレビを漫然と見ているわたしと違い、美しい月を眺めつつ、ロマンティックに語りあっている「友」もいることでしょう。さてみなさまは、どんな良夜をお過ごしでしょうか？

朝顔の種

その庭は、荒れていました。

平屋の小さな家の三方を、緑色の金網の柵が取り囲み、残りの一方は隣と接するブロック塀になっていました。家にはすでに数年だれも住んでおらず、錆《さ》びた郵便受けにはいつもビラが数枚はさまっているのでした。気候のいい頃になると、庭いっぱいに雑草がはえ、冬になると、姿の見えないだれかに刈り取られたかのように、雑草はきれいさっぱりなくなりました。

いくつかの季節の繰り返しを経て、緑色だった金網は、すっかりはげていきました。ところどころにくすんだ緑色が残るほかは、すっかり地の鉄色があらわれていて、からみつく蔦《つた》の色が、かえってあざやかでした。

その庭が、わたしは大好きだったのです。茂る雑草の間を、すずめが飛びまわっていました。夏の終わりには、野ユリが、しゅっ、しゅっ、と伸びでて、ほっそりした繊細な花を、茎一本につき一輪だけ咲かせました。いくつもの華やかな花をつける園芸用のユリよりも、ずっと心ひかれました。そろそろ秋風がたつ頃になると、金網に這っていた朝顔が実をつけました。その朝顔も、園芸用の大きくてひらひらしたものではなく、昼顔に近いくらい小さな花しかつけない、あっさりとした空色のものでした。絶対に種を採って自分の庭に蒔《ま》こうと、種の熟するのを心待ちにしていました。

うす茶色の種がそろそろ割れなんとする、収穫どきがきました。明日は採ろうと決意して、いそいそと家路をたどりました。

ところが、どうしたことでしょう。翌日行くと、朝顔の種は、すでに全部だれかに採られてしまっているではありませんか。昨日までは確かにあったはずなのに。枯れかけた蔓にてんてんと種の殻がつき、今にもはじけそうになっていたのに。

あきらめきれずに、夕方まで廃屋の前にたたずんでいたけれど、どうにもなりませんでした。翌年、家の近くを散歩していたら、二町ほど離れた家の柵に、あの空色の朝顔が咲いているのを見つけました。去年は、なかったものです。やられた、と思いました。道端に朝顔を見つけると、せかされたようにすぐに種を採ってしまう癖がついたのは、たぶんあの時からです。

小袋に入れ朝顔の種と書く

清《せ》川《がわ》とみ子《こ》

新米

年をくったなあ、と思う機会は多々あるのですが、徹夜ができなくなったとか、体表ぜんたいが重力に耐え得なくなったとか、そういう万人共通の変化ではなく、自分だけの「あっ」という変化がある日突然やってきて、びっくりするのです。

わたしの場合、それは、お米をやたら食べたくなったことと、お醤油《しょうゆ》味を求めるようになったことです。

以前は、違ったのです。ご飯よりも、麺類が好き。お米を炊くよりも、パンをトーストするほうがかんたんだし。味だって、肉や魚を焼くのならいつも塩味でした。焼きそばも、塩味。コロッケにも、お醤油やソースではなく塩をかけるし、肉じゃがも、できれば塩で味をつけたい。

ところが、ある時はっと気づくと、買い置きしておいたパスタが、ちっとも減っていないではありませんか。鶏や豚をフライパンで焼く時には、いつの間にか最後に必ずお醤油をじゅっと鍋肌にしたたらせるようになっているし、肉じゃがは以前のような白っぽい色ではなく茶色にそまっています。

ああ、ようやくアジアの、日本の人間になることが、できたんだ、と思いました。

いや、かつてニュージーランド人だったり、アイスランド人だったり、マダガスカル人だったことは、一度もないのですが。でも、日本人らしい日本人だったことも、なかったような気がするのです。

なんだか、中途半端な日本人。そんな感じでした。だってやっぱり、お米をあまり食べない日本人って、だめです。弥生以来、めんめんと稲作をしてきたご先祖さまたちに、申し訳ないです。

ようやく日本人となった昨今、お米を炊くのが楽しくてたまりません。土鍋で炊いておこげをつくったり、柔らかめに炊いて何種類かの漬け物をおかずに食べたり。

野沢菜の届きぬ炊けよ今年米

水《みず》原《はら》秋《しゅう》櫻《おう》子《し》

この句だけで、ご飯三杯くらいおかわりできそうです。太りますね。でもいいんです。日本人だもの。

案山子《かかし》

ゆうべの深夜、友だちからメールが来ました。

友だちは、わたしよりも二十歳以上若い、三十代半ば過ぎの男子。仕事の関係で知りあい、俳句をつくってみたいというので、句会に誘ったのです。

句会に来はじめたこととは無関係だと思うのですが、句会に来はじめてからすぐに、彼には恋人ができ、やがて同棲をはじめ、結婚、細君の妊娠、という慶事が続きます。

いつもは句会に皆勤の彼が、珍しく欠席だったのは、三日前のこと。彼の細君の出産予定日、もうすぐじゃなかったっけ。今日の句会に来てなかったのは、だからかな。細君は、里帰り出産をするって言ってたよね。ふるさと、どこなんだろう。句友たちと喋り合ったその二日後に、メールは来たのでした。

「さきほど、無事、生まれました。このあたりは田んぼが多く、案山子もたくさんいます」

という、メールでした。「おめでとうございます。ところで、細君のご実家は、何県？」と返すと、すぐさま、「秋田県です」と、返事が来ました。

そうか、秋田県で、真夜中に、新しい命が誕生したんだ。そして、まわりの田んぼには、案山子がにょきにょき立っているんだ。

不思議な感慨をおぼえました。生まれたばかりのあかちゃんと、案山子。まったく関係ないようでいて、なんとなく遠く呼び合っているような。

案山子は、神様の依代《よりしろ》だという説を、ずいぶん前に聞いたことがあります。新生児は、神様が運んできてくださった命だとすれば、友だちの細君のお里の、真夜中の田んぼに立っている案山子のひとつに、今しもその命を運んできてくださった神様が休んでいらっしゃるのかもしれないな、などとも思ったりして。

案山子翁あち見こち見や芋嵐

阿《あ》波《わ》野《の》青《せい》畝《ほ》

この句の案山子は、おじいさん案山子。しっかりとあちこちににらみをきかせて、稲をついばむ鳥を追い払ってくれています。芋嵐、とは、秋の嵐、すなわち秋に来る台風のこと。台風の季節に生まれてきたあかちゃんのことも、この句の中のおじいさん案山子は、守ってくれそうではありませんか。

鈴虫

鈴虫には、苦い思い出があります。

小学校の頃、つがいの鈴虫を、もらったのです。

「虫籠《むしかご》じゃなく、砂を入れた容器で飼えば、卵をうみますよ。孵《かえ》せば、来年はまたいい声で鳴くから」

そう言われ、軽い気持ちで飼いはじめました。

りーん、りーん、とよく鳴いたあとは、雄は死んでしまいましたが、雌はしばらく生きていました。その雌も死ぬと、あとは湿らせた黒い砂が残るばかり。けれど、鈴虫をわけてくれた人の言うとおり、冬じゅう砂が乾かないように霧吹きでしゅっしゅと水を補給しつづけていると、新緑の季節がきた頃に、こまかな鈴虫が無数に孵ったのです。

最初は米粒よりも小さかったものが、何回も脱皮をくりかえし、どんどん大きくなってゆきます。キュウリにナス、果物の皮にじゃがいもの皮。なんでも食べる鈴虫は、世話のかからない静かでかわいいやつらでした。

ところが、一ヶ月ほどたった頃のことです。ふと、容器のふたをあげてみると、なんだか違和感があるのです。

（あれ？　減ってないか？）

心臓が、どき、と大きく打ちました。びっしりと百匹近くいたはずの小鈴虫が、十数匹になっている。そして、よく見ると、片隅には小さな肢《あし》の残骸がどっさりと……。

「ギャーーーーーーーーー」

あんな声で絶叫したのは、あの時が最初で最後です。そうです。そろそろ成虫になりかけていた鈴虫たちは、タンパク質が足りずに、せっせと共食いを始めたのでした。

残った鈴虫らには、毎日かつおぶしをやり、飼育容器もふやして虫密度を低くし、その甲斐《かい》あってか、ようやく共食いは止《や》みました。やがてすっかり育ちきった生き残りの十数匹は、庭に放ちました。秋が終わるまで、毎晩りんりんとよく鳴いてくれました。

鈴虫を飼ひて死にゆくことも見る

古《ふる》屋《や》秀《ひで》雄《お》

今も時おり夢に見る、あの絶叫の瞬間。あれ以来、二度と鈴虫は飼っていません。

夜《よ》長《なが》妻《づま》

「夜長妻」とは、奇妙な言葉です。もともと「夜長」という季語があり、これはいわゆる、「秋の夜長」のこと。その「夜長」の派生季語が、「夜長妻」なのです。意味は、「秋の夜長を感じている妻」といったところでしょうか。

最近の句で「夜長妻」の出てくるものをとんと見かけないので、これは少し古い、昭和・大正のあたりの句のなかの「妻」たちのことだと思うのですが、「妻」たちは、いったい何を秋の夜長に感じていたのだろうかと、ときどき考えます。

帰りの遅い夫を待ちながら、針仕事をしている「妻」。子供たちは寝静まって、針仕事の手は、少しばかりとどこおりがち。昔好きだったひとのこと、夫とのこれまでの生活のこと、今月のやりくりのことなどに、思いをはせる……といった、ありがちな「昭和」のイメージしか思いうかべられない自分が、小説家のくせに凡庸だなあと思うのですが、どうも「夜長」と「妻」との組み合わせが、紋切り型の良妻を呼びよせてしまうのです。

ほんとうは、昭和だろうが大正だろうが、妻たちはそんなに一筋縄ではいかなかったように思います。人間の心のなかは、そのひと自身にもわからないくらい、奥深くて計り知れないもの。秋の夜長の妻たちの物思いのなかにあるのは、鬼か蛇か、それとも天上の光景か。

そういえば、昔からの友だちが、いつかこんなことを言っていました――あたし、夫の帰りが遅い日は、次に結婚するんだったらどんな夫を選ぶか、けっこう真剣に想像するんだ。で、それを克明にノートに書くの。もう二十ページぶんくらいはたまってる――。

想像するだけならばまだしも、そんなに多量の書きつけを？　ひえー、と、仰天したものでしたが、この前久しぶりに会った時に聞いてみたら、――んー、結婚はもういいや。かわりに、ずっと独身だった自分を想像して楽しんでる――と言っていました。友だちは決して夫婦仲が悪いわけではないのですが、「こうではなかったはずの自分」というものは、なるほど、想像してみたくなるものなのかもしれません。

夜長妻栗色の靴買へと言ふ

沢《さわ》木《き》欣《きん》一《いち》

さてさて、この平和そうな夜長妻のほんとうの心の内はいかに？　ご用心めされ、世のご夫君がた。

濁《にごり》酒《ざけ》

この前、知人より濁酒を送ってもらいました。四合瓶に入った、白い醪《もろみ》のたくさんまじった日本酒です。澄んだ「清酒」に対して、糟《かす》を漉《こ》していないお酒なので、「濁《にごり》」という言葉をあてているわけですが、その濁の、なんともいえずおいしそうなこと。

冷やして飲んでください、とあったので、朝から冷蔵庫に入れ、夕方、よく冷えたところで、まずは枝豆でひとくち。大きめのお猪口《ちょこ》も、冷蔵庫で冷やしておきました。お猪口のなかみが半分くらいに減ったところで、茄子《なす》とみょうがの煮浸しで、またひとくち。昨日つくったかぼちゃの煮物もあるので、これとも一緒に、また一杯。

ひとくちずつ、ちょっぴりずつ、と最初はゆっくり飲んでいたのですが、やがてひとくちは一杯になり、一杯は二杯三杯四杯とつづけさまになってゆきます。甘口だけれど、くどい甘さではなく、ほんの少し発泡している真っ白い醪のまじったお酒は、いくらでも喉《のど》をすべり落ちてゆきます。

これは危険だ。

途中ではっと気がつき、いそいで四合瓶に栓をして冷蔵庫にしまいました。コップにくんだ水を、ごくごく。ご飯を軽くよそって、おみおつけも温めて、ちょうど焼き上がった鯵《あじ》の干物をあわせた定食ふうの〆《しめ》の前に、おとなしく晩酌終了にします。鯵の干物でまた一杯、という誘惑に一瞬負けそうになりましたが、我慢我慢。

無事にご飯を終え、さてこれで「適度な飲酒」におさまる平和的夕餉《ゆうげ》もごちそうさま、と思ったところで、突然「ぶっかけ飯」という言葉が脳裏に浮かんでしまったのです。

少しだけ残した鯵の干物をこまかく裂いて、野菜室にあるみょうがと紫蘇《しそ》、ぽっちりの茄子もこまかく刻んで、全部をお鍋のおみおつけにまぜふたたび温めてご飯にぶっかけたものと、濁酒をあわせたら、どんなにかおいしいことだろう……。

誘惑には負けまい、と、二分間だけ我慢しましたが、すぐに負けました。濁酒め……と、責任転嫁な言葉を思い浮かべながら、世にもおいしい、〆のあとの〆のお酒を、堪能したのでありました。ま、干物を残した時点で、この結果は予想がついていましたが……。

藁《わら》の栓してみちのくの濁酒

山《やま》口《ぐち》青《せい》邨《そん》

柿

柿の話の前に、まずようかんの話をさせてください。

玉ようかん、というそのようかんは、ふつうの四角いようかんとは違い、まんまる、すなわち球形であるという噂《うわさ》でした。直径は、てのひらで包めるくらい。楊枝《ようじ》などで球の表面をぱつんとつついただけで、皮がつるりときれいにむけるそうな。

実際にその玉ようかんを手に入れてきたのは、Tちゃんでした。

「つついたら、ほんとに皮がつるってむけた！」

暇を持て余している大学生だったわたしたちは、池袋にあるTちゃんの下宿まで、玉ようかんを見に行きました。はい。一人に一つずつね。Tちゃんは言い、玉ようかんと一本の楊枝を、おごそかに渡してくれました。

ぱつん。ぱつん。ぱつん。

おずおずと、あるいは思いきり、あるいはさりげなく、わたしたちは玉ようかんに楊枝をさしました。

皮のむけかたは、それは見事でした。ほんとうに一瞬で、ぱんぱんに張っていた皮は縮まり、むきだしのまんまるいぷりぷりのようかんが現れ出るではありませんか。

熟した柿を見ると、いつもわたしはあの時の玉ようかんを思い出すのです。

中身がすでにとろとろになっている柿。たとえばそこに楊枝をさしても、決して皮はむけないし、さした穴からは溶けかけの柿がにじみ出してくるかもしれない。同じ一枚の皮におおわれている中身でも、玉ようかんと柿の身とは、正反対の質感を持つものです。でもなぜか、一枚の皮が包むその二つの対極を、わたしは常に思ってしまうのです。


いちまいの皮の包める熟柿《じゅくし》かな　野《の》見《み》山《やま》朱鳥《あすか》

もしかすると、この句を知っているからかもしれないな、と思います。

たった一枚の皮が包む、何か。それは熟した柿であり、まんまるのようかんであり、ひいては、わたしたち人間でもあるのです。なんてわたしたちは心もとなくて、そして不確かなものなのでしょう。

柿が熟すころ、秋は次第に深まっていきます。

秋の空

近ごろはあまり言わなくなりましたが、わたしが若い頃は「秋の空」といえば、「女心」。秋の空のようにうつろいやすい女心、という意味で使ったものです。

俳句をつくるようになり、「秋の空」が季語だとはじめて知りました。ころころと変化する空、という「女心」的な「秋の空」をそれまではイメージしていたのですが、季語として使う時にはむしろその逆、さわやかに澄みわたってどこまでも高い空のイメージなのだと教えてもらい、意外に感じたおぼえがあります。

言われてみれば、秋の空気は、たしかにものをくっきりと見せてくれます。夕刻になって突然雷が鳴ったり、激しい台風がやってきたり、という初秋から仲秋にかけての変化しやすい気候はたしかにありますが、それ以外はなるほど、比較的安定したおだやかな晴れ間がほとんどなのでした。

そもそも「女心と秋の空」という言葉は、「男心と秋の空」という言葉が転じたものとか。人の心は、男も女も、定まることなく揺れつづけるものなのだから、頭につくのが

「男」であっても「女」であっても「うむうむ」ではあるのですが、「女心」と使う時には全人格的な「気まぐれ」という言葉が連想され、「男心」と使う時には恋愛方面に特化した「心がわり」という言葉が連想されるのは、なんだかちょっと不思議です。

松任谷《まつとうや》由実《ゆみ》さんがまだ荒井《あらい》由実さんだった頃の曲、「曇り空」がわたしは好きで、ことにその中にある「きのうは曇り空／きっとそのせいかしら／きのうは曇り空／外に出たくなかったの」という歌詞は、今でも時おり、口ずさんでしまうのです。約束をしていたけれど行かなかったのは、くもりぞらだったから。そんな気まぐれな内容の歌詞には「女心と秋の空」という言葉が似合うなあと、いつも感じていました。

気まぐれで、神秘的な女に、わたしはちょっとなってみたかったのです。ま、なれませんでしたけど。

秋空を二つに断てり椎《しい》大《たい》樹《じゅ》　高浜虚子

さてさて、秋の空は、気まぐれなものなのか、はたまた季語のイメージにある澄みわたったものなのか。気まぐれになれなかった身としては、椎の木を見上げるばかりです。

蟷螂《かまきり》

近所の大きな公園には、カマキリがたくさんいます。公園の中心にある橋の欄干を、カマキリたちはときどき、哲学的な顔つきで歩いてゆきます。この前は、道のまんなかをのそのそ歩いているのを、踏まれてはいけないとつまんで安全なところまで運びました。卵からわさわさ子カマキリが出てくるのを見たこともあります。そして先日はついに、カマキリのおしりから大きなハリガネムシが出てきているところを発見してしまいました。

ハリガネムシは、昆虫に寄生する線虫で、ことにカマキリによく寄生する、ということは知っていました。けれど、実際にこの目で見たのは、はじめてのことでした。水中で生まれたのちに昆虫に寄生し成長するハリガネムシは、最後には昆虫を水辺に誘導してふたたび水に帰る、という習性を持っています。カマキリにとってはおそろしい寄生虫です。なぜなら、体じゅうを食い尽くされてしまうことがほとんどだからです。

そのハリガネムシが、ちょうどカマキリのおしりから出てきていたのは、まさに公園の池の端でした。そのままハリガネムシは水のほうへと這《は》ってゆきます。思わずしゃがんで、じいっと見てしまいました。珍しいものが、ここに。と、大声で呼ばわりたくてしかたありませんでしたが、あまり気持ちのいいものでもないので、静かに観察を続けました。ちらりと眺め、顔をしかめてゆく人が何人か。でもたいがいの人たちは池を泳ぐ水鳥ばかりに見とれている様子です。そこに、小さな女の子を連れたお父さんがやってきました。

おおっ、すげえ。お父さんは低く叫び、早速女の子にハリガネムシの説明を始めます。スマートフォンを取りだして、動画撮影も。最後には、妻らしき人に「エリナ（仮名）、おれ今、超すごいもの見ちゃったよ」と電話まで。わたしと同じように興奮しているさまに、ようやく共感しあえる同志にめぐりあった安堵《あんど》をおぼえたことでありました。

ハリガネムシが水にもぐってしまうと、お父さんは女の子と手をつなぎ、何ごともなかったかのように去ってゆきました。カマキリは可哀想でしたが、残酷にも貴重な自然界の現象を、娘にくわしく理路整然と説明していたあのお父さんは、なかなかかっこよかったです。彼からの興奮の電話に、落ち着いて対応していたらしき、エリナ（仮名）さんも。

かりかりと蟷螂蜂の皃《かお》を食《は》む

山口《やまぐち》誓子《せいし》

小鳥

連載している小説に、平安時代の場面が出てくるのですが、中に江戸時代と平安時代の場面もあって、調べものが大変です。え、現代・江戸・平安が全部出てくるって、どんな小説なの？　というご質問には、なかなかひとくちではお答えしづらい。タイムスリップものというわけでもなく、ともかくいろいろ出てくるのです――さかんに江戸や平安時代の食べものについての資料をひもといています。

江戸の食べものは、現代とさほど差がないのですが、平安で驚いたのは、食物にする動物性タンパク質として「小鳥」というものがときどき出てくることでした。では、いったいどんな鳥が「小鳥」なのかといえば、名前はほとんど記されておらず、ただおおざっぱに「小鳥」とだけあるのです。たまに「ひばり」「鳩《はと》」などとありますが、おおかたは、鷹《たか》狩りなどの時に一緒に「小鳥」をとらえた、とのことなのです。

ひばりは春の鳥ですが、鷹は冬の季語。平安の頃の鷹狩りには、「小鷹狩り」と「大鷹狩り」があり、小鷹狩りは秋、大鷹狩りは冬におこなうのだそうです。おそらく小鳥がたくさん獲《と》れたのは、「小鷹狩り」の秋のころ。今わたしたちが使う秋の季語「小鳥」は、食べるための食物としてではなく、秋に日本に渡ってきて鳴き交わすかわいい小鳥たちの姿をさしているものだと思うのですが、平安びとは、その小鳥たちを食料としても認識していたのだと思うと、微妙な気持ちになります。

小鳥来て午後の紅茶のほしきころ

富安風生《とみやすふうせい》

このように俳句の中の「小鳥」は、庭木にやってきて平和に鳴き交わし、家の中で暖かく過ごす人びとが眺めて柔らかな心もちになるような、そんな存在のものです。このほかにも、「小鳥来る小さきまろき声をして　石塚友二《いしづかともじ》」などなど、小鳥の句は、おだやかで静謐《せいひつ》な句ばかり。でも、平安びとは、小鳥を食べてしまったんだ……と、思いながらこれらの句をもう一度読むと、なにやら不穏な気分に。そういえば、京都の伏見稲荷《ふしみいなり》の門前では、すずめの丸焼きを売っています。遠く平安につながる「小鳥」が現代にも脈々と伝わっているのは、さすが古都京都です。

きのこ狩《がり》

サバイバル力のないひ弱な人間なので、山登りやキャンプをする機会はほとんどなく生きてきたのですが、きのこ狩だけは、何回も行ったことがあるのです。

きのこ狩といってまず思い浮かべるのは、たぶん「土地の地理に詳しい人が、山に入っていって、おいしいきのこを背負い籠《かご》にどっさり採ってくる」というイメージではないでしょうか。けれど、わたしが行った「きのこ狩」は、そのようなものではなく、アミノ酸の研究をしている大学の先生――父の古くからの友人です――のゼミ旅行に参加させてもらう、というものでした。アミノ酸はタンパク質の成分であり、生命体にとって大切なものです。きのこには、ことにアミノ酸がたくさん含まれていて、旨《うま》みの元になることもあれば、同時に毒の元となることもあります。先生は夏休みともなると学生を連れて山に入り、目につくきのこを採取しては、それらに含まれるアミノ酸の研究をしていたのでした。

ゼミのきのこ狩は、なかなか楽しいものでした。見つけたら、少量でいいので、採る。それだけのことだからです。険しい山などではなくても、たとえば長野の戸隠《とがくし》神社の奥社《おくしゃ》までの道ぞいを少しだけはずれたあたり、とか、群馬の横川から軽井沢までを抜ける峠道、とか、体力のない者でも簡単に歩ける場所に、存外たくさんのきのこが生えているのです。

一日の採取が終わると、採ってきたきのこの処理が始まります。わたしはゼミ生ではなくただの見物参加なので、こまかな処理には加わらず、みんなの持ってきた「きのこ図鑑」「きのこ大全」などに読みふけります。読んでいてどきどきするのは、やはり毒きのこについての項目でした。中に二種類、「一週間ほど七転八倒したすえ、けろりとなおる」というものと、「一週間ほど七転八倒したすえ、たいがいは死ぬ」というものがあって、恐ろしいことに両方ともひどく地味で、しろうとは気軽に食べてしまいそうな外見をしているのでした。

さし上《あげ》て獲《えもの》見せけり菌《きのこ》狩

召波《しょうは》

先生は決して軽はずみにきのこを食べたりはしませんでしたが、ムラサキシメジというきのこだけは、「こいつは、ほんとうにおいしいからね」と言って、いつもの少量ではなく根こそぎ採り、バタ炒めにしてみんなにふるまうのでした。もしや、七転八倒……と怖れつつ食べたあのスリルは、今も忘れられません。味のほうは、まったく覚えていないんですけれどね。

文化の日

特異日、という言葉があることを、最近知りました。そのほかの日にくらべて、とても偶然とは思われないくらい晴れたり、または雨が降ったり、という日のことだそうです。たとえば、八月十八日は、猛暑の特異日。それから、九月十七日と二十六日は、台風襲来の特異日。雨の特異日は何日かあって、なかでも七月十七日は、石原裕次郎《いしはらゆうじろう》の命日にあたる雨の特異日だといいます。涙雨、というわけでしょうか。

さて、秋の晴れ特異日は、十一月三日。文化の日です。文化の日といえば、文化祭。若い頃、わたしは教師をしていました。中学と高校のつながった、私立の女子校です。文化祭には、クラブとクラスの両方で参加することになっていました。クラス参加の中でいちばんの人気は、お化け屋敷。ことに中学生たちは、何がなんでもお化け屋敷をやりたいらしく、希望が殺到。そこで、お化け屋敷インフレにならないように、各学年でひとクラスのみ、お化け屋敷参加ができるという決まりがありました。

権利を得るためには、プレゼンが必要で、予算と計画をしっかり示したクラスが、その栄誉を勝ち取ります。担任教師は、心のなかで「どうかお化け屋敷、はずれますように」と祈っていました。なぜなら文化祭近くになると、教室をお化け屋敷に変貌させるための莫大なダンボールが、教室のうしろに山のように積み上げられ、邪魔でしかたなかったからです。でも、そんなことを祈った時ほど、クラスはプレゼンで一位を取ってしまうものなのですね。

晴れの特異日である文化の日、お化け屋敷は大人気です。前の日遅くまでかかっても間に合わないかもしれないと心配した設営も、どうにかこうにか間に合いました。お化け役の子の死に装束も、なかなか見事。ぬれたタオルやなまぬるい風を送るためのうちわの用意も万全。そして二日間はあっという間に過ぎ、疲れきったお化けたちはまたせっせとダンボールを崩してたたむ……。なにやら、シジフォスの神話っぽい眺めではありました。

青き天心文化の日こそ掃除の日

香《こう》西《ざい》照《てる》雄《お》

晴れた日には、もしかするとお客さんを迎えたくなるのかもしれません。それで、文化祭を催したり、掃除をしたり。空は高くて、お化けもひとも、にぎやかです。

花《はな》野《の》

花といえば俳句では桜を指しますが、「花野」という季語のなかの「花」は、秋草の花のことです。秋のはかない草花の咲きみだれる広々とした古典的な、「花野」らしい「花野」を、わたしはそれまで見たことがありませんでした。

これぞ花野、という花野を実際に見たのは、思いがけない場所でした。二〇一一年の初秋に、仕事でカナダに行った時のことです。日程のまんなかに土日がはさまれていたので、大学の先生であり翻訳者でもあるテッド・グーセンが、みんなを山の家に招いてくれました。トロントから車で一時間半ほど走ると、そこはもう高原。舗装も整っていない道を車で走っていったところに、テッドの山荘は建っています。「ようこそ」と迎えてくれたテッドの奥さんは、暮れなずむ薄闇の中、群れはえている背の高いススキの横に静かに立っていました。

山荘の建つ敷地の奥には、テッドが友だちと十年がかりで作ったささやかな小屋があります。小屋のまわりには、りんごの木が何本もはえていました。りんごといっても、日本の大きくて蜜をもつようなりんごではありません。すももくらいの大きさの、野生のりんご。この小屋には、前にムラカミハルキが泊まったんだよ。テッドは言いました。

その夜ムラカミハルキの小屋には、小説家の古川日出男《ふるかわひでお》夫妻が泊まりました。翌朝山荘のリビングに戻ってきた古川夫妻は、苦笑していました。「夕べはびっくりしましたよ。突然屋根にどすん、どすん、って何かが当たってきて」。熟れたりんごが落ちてきては、一晩じゅう屋根を叩《たた》いていたのでした。

ああ、ここは日本じゃないんだなあ。しみじみ思いました。ところが、テッドの作ってくれたスクランブルエッグの朝食がすんでから外に出ると、わたしは息をのむことになります。前夜は闇にまぎれてわからなかったのですが、薄曇りの光に照らされたそこに広がっていたのは、秋の草原でした。野菊に撫子《なでしこ》、萩《はぎ》に竜胆《りんどう》。日本とよく似た植生の、これはまさに、古典的花野ではありませんか！

今にも雨の降りそうな初秋のカナダ、花野という季語のうまれた日本からは遠く離れた場所で、思いがけずはじめて見る、花野の景色。驚きのあまり、言葉はひとことも出ませんでした。

花野みなゆれ初めたる通り雨

高木晴子《たかぎはるこ》

時雨《しぐれ》

しぐれ、という言葉のなんと美しいことかと感心するようになったのは、俳句を始める少し前からです。

それまでは、「しぐれ？　え、佃煮《つくだに》のしぐれ煮のこと？　それともあれかな、和菓子の黄身しぐれのこと？」くらいにしか思っていませんでした。ところが、ある冬の朝、しとしとと雨が降っているその天気を、テレビの天気予報で「今日は、一日しぐれているでしょう」と表現していたのです。気象用語として、それまでもおそらく耳には入っていたのでしょうが、この時はじめて、「しぐれ」という言葉が、冬の間の寒い時期の、降ってはやみ、やんでは降る、ものさびしい雨をさすことを、はっきりと知ったのでした。

しぐれ、という音の響きも美しいのですが、時雨、という漢字も美しい。時おり降り、時おりやむこの雨を、ずばり「時雨」と当てたのは、いったいいつの時代の誰だったのでしょうか。

やがて「時雨」が季語であることを知り、派生季語にも出会いました。「夕時雨」は、冬のすぐに暮れる夕刻の時雨。灯ったあかり越しに時雨を見ている光景が目に浮かびます。「小夜《さよ》時雨」は、夜の時雨。夜時雨、ではなく、小夜時雨であるところが、いいのです。ちなみに「小夜」の「小」は、言葉の調子を整えるための接頭語。「村時雨」は、少し強めの時雨が通り過ぎるさまを表します。もともとは「群時雨」だったそうですが、現在は「村」の字を当てています。以前は、村に時雨が降っている光景なのかなと勘違いしていたのも、なつかしい記憶です。「片時雨」は、あるところは降っているけれど、あるところは晴れているさま。狐の嫁入り、という言葉もありますが、これは一年中使う表現。冬のこの時期だけは、片時雨、と呼びたい。狐だって、冬の寒い日に嫁入りするのは、ためらうかも、と思うからです。

あめつちのはなしとだゆる時雨かな

湖春《こしゅん》

静かに時雨が降っている時には、天地に関する大いなる話も、とだえてしまう。そんな意味の句でしょうか。大きなものよりも、こまかなものに思いを致したくなる天気が、時雨というものなのかもしれませんね。

神の留守《るす》

現代の十一月は、旧暦でいうと十月、月の名は、神無月《かんなづき》です。日本全国の神様たちがこの月、出雲《いずも》に旅をなさるので、各地の神社は留守になる、というわけです。

留守といえば、思い出す小説があるのです。実家の両親の本棚にあったもので、題も作者も覚えていないのですが、なかみは、無体《むたい》な姑《しゅうとめ》に耐え嫁が最後には幸福になる、という、当時でもすでに少しばかり古くさい感じの家庭小説でした。

主人公の「嫁」が、家事能力にたけているということを表現するのに、「アイロンがけの能力が高く、そのへんのクリーニング屋より上手（プロのクリーニング屋の面目まるつぶれ……）」「トンカツを揚げる時、ぽんと鍋に放りこまず、鍋肌からそっとすべらす（そのぐらいは、誰でもするだろう……）」「夫妻と子供のしゃれた服をおそろいの生地で縫う（全員おそろいというのはいかがなものか……）」など、意味不明のことがたくさん書いてあり、当時大学生だったわたしは驚きのあまりかえって読みふけってしまったのですが、いちばんびっくりしたのは、嫁が「みんなで外出しましょう」と言うと、姑が怒り、「留守番がいないなんてとんでもない、あなたは家に残るように」と命ずるところなのでした。

その小説の世界では、家には「留守番」が絶対必要で、一瞬でも人けがなくなると非常に恐ろしいことが起こるようなのです。結局、嫁一人を「留守番」に残し、姑は息子と孫を連れて出かけてしまいます。家に一人残された嫁は、悲しみをこらえてせっせと名人わざのアイロンがけをおこなう（もしくはせっせとトンカツを揚げたのだったか）……。

小説の最後、いびられてもいびられても笑顔で姑をいたわり続けた嫁は、ついに姑の信頼を得ます。すでに大家族と家父長制度の時代から、核家族の時代に移行しつつあった当時、ああよかったこういう時代じゃなくてと、大笑いしながらわたしは小説を読み終えたのでしたが、中でいちばん笑ったのは、ようやく母と妻の間の剣呑《けんのん》さに気がついた夫が、合鍵を作って母親に渡す大団円の場面。もっと早く気づいてあげてくださいよ……。

個人的には、幼いころから、留守番は大好きでした。一人でいた家に、また誰かが戻ってくる。その瞬間が、なんともいえず嬉《うれ》しかったので。

いみじくもかがやく柚子《ゆず》や神の留守

阿波野青畝《あわのせいほ》

落葉

仕事で知りあった人たちと、飲み会をしました。

メンバーのうちわけは、知人が何人かと、はじめて会う人が何人かです。わたしはこの年になっても情けないことに人見知りなので、はじめて会う人のいる場所に行くのは、実は、少々不得意。

不得意というのは、けれど、「いや」なのではないのです。新しくここで知りあった人と、もしかするとこれから先の楽しいご縁ができるかもしれない——そんな期待もひそかに胸の内にあるのですから。それなのに「不得意」なのは、たぶん、実際に「楽しいご縁」が長く続く人は、そうそう現れることがないからかもしれません。

あ、この人と、仲良くなりたいな。しばしば、思います。でも、どうやって仲良くなれるかが、わかりません。メールアドレスまでは、聞くのです。「楽しかったですね」というお礼とご挨拶かたがたのメールも、出すのです。でも、それ以上には、進めない。

飲み会に誘ったら、迷惑かな。引かれるかな。気を遣って一緒に過ごしてくれるかもしれないけれど、疲れさせちゃうかな。くよくよと、考えてしまいます。自分が年とってきたからかもしれません。「年齢」と「気遣いさせる度」は、比例している。というのは、もっと年長の知人から聞いた説なのですが、たしかに一理あるような気がします。

さて、冒頭に書いた飲み会は、少し郊外のお店で開かれました。地図で確かめながら歩いてゆき、階段を下ったところにお店はありました。ぎい、と扉を開くと、なんだかなつかしい匂いが。

少し暗い店内に踏み入ると、なんと、お店の床いっぱいに落ち葉が敷きつめてあるではないですか。なつかしい匂いは、落ち葉の匂いだったのです。びっくりするやら、楽しいやらで、飲み会は大盛会。その時知りあった初対面の人とは、今もときどき一緒に飲む仲となりました。それもこれも、床に敷きつめられた落ち葉のおかげのような気がします。これだけの落ち葉、運ぶのは大変だったでしょうと、お店の人に聞くと、涼しい顔で、「毎年やってますから」と、答えてくれました。

ごうごうと楡《にれ》の落葉の降るといふ　　高《たか》野《の》素《す》十《じゅう》

大根

仕事がら、旅に出る機会が多いです。たいがい、日帰りか一泊なのですが、年に数回、三日以上の旅になることがあります。公開対談やワークショップ、少し移動して今度は取材。いろんな話を聞き、こちらもがんばって喋《しゃべ》ります。はじめて会う人と喋る時は、ちょっと緊張します。でも、「あ、会話がちゃんとできた！」と思った時は、ほんとうに嬉しい。旅に出る、醍醐《だいご》味です。

旅の一日が終わると、懇親《こんしん》会があったりします。土地のおいしいものを、ありがたくごちそうになります。懇親会がなくて、さっぱりと解散になる時には、居酒屋評論家である太田《おおた》和彦《かずひこ》師匠の本を持参し、指南にしたがって土地の居酒屋に入ります。ちょっとした冒険気分。

冒険気分と、緊張が解けたゆるみで、つい飲み過ぎます。食べ過ぎます。日本はどこに行っても食べものがおいしいので、さらに食べ過ぎます。

そのようにして、三日、四日と旅を続けていると、必然的にカロリー摂取過多となります。太ります。そして、胃腸もだいぶ、ぐったりしてくるのです。

最後の日。スーツケースをごろごろひっぱって家に帰り着いた時には、もう夕飯を作る元気はありません。スーツケースの車輪をぞうきんで拭《ふ》き、リビングに運びこみ、なかみを片して。ああ、もう夜の八時だ。お腹《なか》はあんまりすいていないけれど、午前中に朝昼兼ねた食事をしたっきりだし、どうしよう。

そうだ。コンビニのおでんだ。

Tシャツとゴムウエストのスカートにはきかえて、素足に運動靴をつっかけ、夜の道に出てゆきます。少し歩いたところにあるコンビニで、おでんの大根を三つ、容器に入れ、おつゆもたっぷりとよそいます。

煮《に》大根《だいこ》や烏賊《いか》の諸足《もろあし》そり反り

松《まつ》根《ね》東《とう》洋《よう》城《じょう》

長旅の終わりの夕飯は、大根だけ。コンビニよ、ありがとう。大根よ、ありがとう。心の中でお礼を言いながら、しみじみとおこなう、大根ダイエットなのでありました（ま、一食でおしまいになるダイエットなんですけれどね）。

切《きり》干《ぼし》

初冬の頃の季語には、大根関係の季語が、とても多いのです。「大根引（畑の大根を引き抜くこと）」「大根洗う（まだ泥のついている大根を洗う、そのこと）」「大根干す（たくわんにするために、大根を干すこと）」「懸《かけ》大根（干すために、棹《さお》などに懸けてある大根のこと）」「たくわん」などなどの多様な大根関係の季語を見るにつけ、ともかく日本の初冬は、大根を収穫し、洗い、干し、漬けものにする、という作業がたいそう大事な季節なのだ、ということがわかります。前回は、そのものずばり、「大根」をとりあげました。コンビニのおでんの大根がいかにおいしいか、という内容でした。

そして、今回の季語の、切干。たくわんにするためではなく、薄く切ったり、細く切ったり、少し大きめに割ったりして、弱い冬の日差しで、幾日もかけて干しあげた大根のことなのですが、この切干という食物を、このごろわたし、どんどん好きになっています。

たぶん、年とってきたから、なのです。大根のみずみずしさもいいのですが、干しあげて野菜の甘みが凝縮した切干の滋味が、なんともいえず体に添ってくれるなあ、ほんとにもうありがたい……のです。

実はわたし、不用意にも、以前は切干大根を炊く時に、もどした汁は捨てていました。あの汁にこそ、甘みと野菜の出汁《だし》が凝縮しているということを知らずに。

ばかです。料理を作りはじめて以来十数年めまで、ずっといちばんおいしいところを流し去っていたとは。水でもどした切干と、もどし汁を一緒に煮ると、かつおや昆布の出汁も、調味料も、ほとんどいらないくらいおいしく炊けるというのに。でも、一生知らないままではなかったのが、せめてもの幸いです。

切干大根ちりちりちぢむ九十九里

大野《おおの》林火《りんか》

この句は、切干を干している光景です。「きりぼし」の「り」の音と、「ちりちり」の「り」、「くじゅうくり」の「り」が三重に響きあっているうえに、「ちりちり」の「ち」と、「ちぢむ」の「ち」も響きあう、複雑な多重奏のような句。でも、光景自体は素朴で楽しくて。炊きあげた切干大根の、奥深くも率直な味と、なんとよく合っていることでしょう。

たくわん

祖母の漬けるたくわんが、大好きでした。しょっぱくて、すっぱくて、ひねていて、三かけほどあれば、軽くお茶碗一杯のご飯のおかずになってしまう。そんなたくわんでした。

八十少し過ぎるまでは漬けていたのですが、ある日「もう年だからね」と言って、二度と漬けなくなりました。

その祖母が、この秋に百三歳で亡くなりました。「もう年だからね」が四十代の頃から口癖だった祖母、百歳を過ぎても、いつも「もう年だから」と言い言いしていたので、もしかしたらこのままあと三十年くらいは「もう年だから」と言いながら元気でいるかもしれないなあと、親戚じゅうが思っていましたが、やはり天寿はやってきたのでした。

「もうおばあちゃんのたくわんは、一生食べられないのね」

お葬式の時に、わたしは感傷的な気持ちになって母に言いました。すると、思いがけない答えがくるではありませんか。

「ううん、いつでも簡単に作れるから。だってあれ、別に秘伝とかじゃなくて、うちにある『漬物入門』に載っている作り方だもの」

なんのことはない、ヨメである母が糠味噌《ぬかみそ》白菜漬けらっきょう梅干しその他の漬物を上手に作るのを見た祖母が、ヨメへの対抗心でもって五十歳過ぎてから作りはじめたのが、「祖母のたくわん」だったというのです。

それじゃあ、あのたくわんは、おばあちゃんの土地のものなんかじゃなく、ヨメシュウトメ争いの軋轢《あつれき》から生まれたものなんだ、と笑うと、母は少し苦い顔になり、

「うんそう。だからあたし、たくわんは、ちょっと苦手」と、つぶやいたのでした。

死にし骨は海に捨つべし沢庵嚙《か》む　金子《かねこ》兜太《とうた》

兜太のこの句、先の太平洋戦争のことを詠んだものでしょうか。母と祖母のあいだにもあった、小さな「戦い」。葬儀の日、つねづね姑をけむたがっていた母は、さぞさばさばしているかと思っていたのですが、意外なくらいしょんぼりしていました。おばあちゃん、亡くなっちゃったね。ささやいた母の声は、少しふるえて、しめっていました。

銀杏《いちょう》落《おち》葉《ば》

街路樹として、日本の津々浦々に植えられている、イチョウ。この季節ともなれば、金色の輝く落ち葉が、並木道いっぱいに散り敷くイチョウ。

イチョウという樹木が、ほかの樹木と少しばかり違う、珍しいものだと知ったのは、大学に入って生物学を学んでからです。

「植物」の定義は、今も刻々と変化しているらしいのですが、おおざっぱに言ってしまえば、陸上に根を張り、光合成をおこなうのが「植物」です。「植物」は、大きくわけると、胞子で増える原始的なコケ植物とシダ植物、そして種子で増える種子植物の三種となります。庭園や野原や街路や森に生えている大部分の植物は、種子植物なのですが——ちなみにうちの庭には、なぜだかコケとシダがたくさん生えており、そのほかはほぼ雑草……。長年手入れしていなかったら、こんなふうになりました。原始的野放図の庭、と自称しています——裸子《らし》植物・被子《ひし》植物の二種に分類される種子植物のうち、古くからあるのが、裸子植物。マツ、ソテツ、イチョウなどです。その中でも、イチョウの仲間は、一度氷河期にほとんどが絶滅しており、ただ一種残ったのが、今のイチョウなのです。

　イチョウには、雌の木と雄の木があります。ギンナンをつくってくれるのは、雌の木。珍しいのは、ここからです。なんと、イチョウの雄の木の花粉は、やがて精子をつくり、雌の木の卵子と結合する。その後ようやく、ギンナンができはじめるのです。

「でも、どうやって精子は雄の木から雌の木まで移動していくんですか?!」

　その昔、生物学科の学生であるわたしたちは、そのことを教えてくれた先輩に訊ねました。

「雨の日に、水分のある場所を泳いでいくんです。だから、雨が降らないとイチョウの雄と雌は合い逢うことができないのです」

　先輩は、おごそかに答えたのでした。

　けれど後年知ったのですが、実際にはイチョウの精子は、雄の木の花粉が空気中を飛んで雌の木で受粉し、受粉後そこではじめて精子になるのだとか。地面を泳いでいく精子のイメージを長年持ちつづけていたのに……。がっかりです……。

蹴ちらしてまばゆき銀杏落葉かな

鈴《すず》木《き》花《はな》蓑《みの》

冬《ふゆ》鴎《かもめ》

川を見に行きたいな、と思うことがときどきあります。それも、都市の川を。川と都市は、深いつながりをもっています。京都には、鴨《かも》川。大阪には、淀《よど》川。ロンドンにはテムズ川。そしてパリにはセーヌ川。

都市の中を大きく流れる川のまわりには、幹線道路が走り、いくつものビルが建っています。護岸工事もしっかりとなされ、自然豊かな光景とは、とてもいえません。けれどそんな風景は、子供のころから東京に住んでいた自分にとって、とてもなつかしいものなのでした。

ついこの前の晴れた日に、隅田《すみだ》川に行きました。浜町《はまちょう》で地下鉄を降り、岸辺に出て、両国のほうへと川沿いに歩きはじめます。水はほとんど岸と同じ高さまで満々とたたえられています。ちゃぷちゃぷと打ち寄せる水の音に、まわりを走ってゆく車のタイヤの音が交じりあって、なんだか不思議な気持ちになります。今自分は、どこの都市に、旅先にいるんだろう、というような。

川下から、鵜《う》が飛んできました。まっくろい体を広げ、直線をえがいて飛んでゆきます。みゃあ、という声を出しながら飛んでいるのは、セグロカモメでしょうか。白い胴体に灰色の羽、鵜よりもゆるやかな曲線をえがいて飛びます。少し離れたところを、もう一羽のカモメも。そしてまたしばらくすると、次のカモメが。次第に日が暮れてきて、するとと日のあるうちは上流と下流を行き来していたカモメが、いっせいに海のほうをめざして飛んでゆきます。

冬鷗黒き帽子の上に鳴く

西《さい》東《とう》三《さん》鬼《き》

就航を終えた水上バスが停泊している船だまりにある杭の上に、ひょんと止まっている、とぼけた一羽がいました。暗い川の上で、岸辺の灯に照らされ、置物のように見えます。ときおり、野太い声で、みゃあと鳴きます。ほかのカモメたちは、みな海のほうへと去ってしまったのに、君はどうしたの、と話しかけたら、またみゃあと鳴きました。ここが私の場所なんですよ、とでも言ったのかな。三鬼の句の、手品師がだしてきたようなカモメの、君は遠い子孫なのかもしれないね。

河豚《ふぐ》

河豚をはじめて食べたのは、三十歳を過ぎてからでした。大阪に行く仕事があり、いよいよ人生初の河豚刺しを食べん！　と、張りきったのです。

なぜ大阪なのかというと、それはつまり、田辺聖子《たなべせいこ》さんの小説を愛読していたからです。

大阪が舞台であることの多い田辺さんの小説には、河豚を食べる場面がしばしば登場します。関東ではたいへんな高級魚という印象の河豚ですが、大阪では、それほど値のはらない、庶民的なおいしい河豚の店がたくさんあるとあり、おまけに「ふぐ」ではなく「てつ」と、小説の中で河豚は呼ばれていました。

道頓堀《どうとんぼり》にあるお店をガイド本でさがして予約し、「てっさ（河豚刺し）」と「てっちり（河豚鍋）」を大いに堪能しました。ちなみに、なぜ「てつ」なのかと言えば、これは「鉄砲」の略で、「当たることがある」ところからとの由。さすが大阪、洒落《しゃれ》が効いています。

以来、何年かに一度、東京でも河豚を食べるようになりました。でも、河豚は高価なんです。敷居は、かなり高いのです。と思っていたら、東京にも、それほど値のはらないお店がちらほらとあらわれ始めました。河豚通の知人に言わせれば、「ああいうところの河豚は味がない」ということなのだそうですが、そもそも河豚の味についてしっかりとわかるほど何回も食べていないわたしには、実はどっちでもいいこと。なんだかおいしいわー、ぽわーん、という感じで、あこがれの河豚を食べているというそのこと自体のムードに大満足してきた人生なのです。味がない、上等じゃないかよ、庶民は味のない河豚がいちばん、ふん、などと、知人の食通ぶりを内心で非難しつつ、でも、結局東京の値のはらない河豚のお店には、まだ足を向けたことはありませんでした。

ところがこのたび、そのお店のクーポン券を手に入れたから食べに行きませんか、というお誘いを受けたのです。行きます行きますと即答して、現在その日を心待ちにしているところ。

河豚食ふや伊万里の皿の菊模様

水《みず》原《はら》秋《しゅう》櫻《おう》子《し》

わたしが行く予定のお店の河豚は、高級な伊万里の皿には盛られていないだろうなあ。でもいいのです。河豚だぽわーん、というムードを楽しむために、行くのですから。

枯枝

枯木。枯蔓《かれづる》。枯芝。枯尾花。「枯○○」という季語が、俳句にはたくさんあります。冬になると、たくさんの植物は、葉を落とし、しぼみ、しんと静まりかえります。その姿を、「枯○○」と表現したわけですが、ここで注目すべきは、「枯」とついているからといって、マイナスイメージの季語である、というわけではないことです。

青々とした時には、その勢いを。そして、茶色く枯れた時には、その寂寞《せきばく》とした静けさを。それぞれの持ち味を、差別せずにただありのままに良しとする。それが、季語の精神なのだと、俳句の先輩に教わりました。たしかに、青々と茂っていた暖かい季節のものにくらべ、冬の景色の中にある植物は、茶色じみているし、水気をなくして小さくなってしまったようにも思えます。けれど、その姿をも愛《め》でよう、というのが、俳句の心意気なのです。

どんどん年をくってきて、心身の老化が身にふりかかってきている今あらためて考えると、「その精神、素晴らしいですぜ」と、手をたたきたくなります。どうも最近、「ひとはいつまでも若くなければ」という風潮が強いような気がするのです。せっかく時を重ねて、それなりのわびさびをかもしだしていい年齢になってきたのに、いつまでもつるつる張り張りとしていなければ女にあらず、という圧力を感じるような。

めんどくさい、と、心の底から思います。で、それならば、世間さまの無言の圧力など気にせず、堂々とシミシワお腹のたるみその他いろいろを開陳《かいちん》できればいいのですが、ぶつぶつ思っているわりには、心の弱いわたし。「わ、若さを保つ努力を、も、もっとすべき?」と、くよくよしてしまうのです。

触るものなくて枯枝穹《そら》に張り

桂《かつら》　信子《のぶこ》

なんてかっこいい句なのでしょう。枯れて葉を落とした枝が、枯れているからこそ、空に向かって堂々と枝をさしのばしている、というのです。年を重ねた人間は、こうありたいものだと、心から思います。いや、これは精神の在りかたの問題で、シミシワお腹のたるみはまた別問題、という声がどこからか聞こえてきますが、まあそれは、無視無視。枯れてまた、楽しからずやと、生きてみたいものではありませんか。

ストーブ

「ストーブ」は、冬の季語です。歳時記をめくると、「暖をとるための装置」と書いてありますが、つづけて歳時記をめくってゆくと、人間が暖をとるための装置がとても多いことに、ちょっと驚きます。

いろり。ペーチカ。炬燵《こたつ》。火鉢。あんか。かいろ。温石《おんじゃく》。ゆたんぽ。みんな、冬の季語。こんなにも人間は、寒さをしのぐために、頑張っていろいろ発明してきたのですね。

　小さい頃、東京は今よりずっと寒冷でした。おまけに家はすきまだらけで、下手をすると家の中に氷が張っていました。だから、朝起きるといちばんに駆け寄ってゆくのは、ストーブの前でした。

「起きなさい」と母に言われ、目をこすりながら茶の間に行くと、水を入れたやかんを上にのせた石油ストーブはまだ点《つ》けられたばかりで、ぜんぜん暖まっていません。あわててガスストーブの点火スイッチをかちゃかちゃまわし、「ぼっ」という音と共に青い火がともるのを待ちます。パジャマを脱ぐのが寒いからと、ガスストーブにそのままいつまでも

かじりついていると、母から叱られます。しぶしぶ服を着替える頃には、ようやく石油ストーブも暖まってきて、するとすぐに母はガスストーブを消してしまうのです。

「もったいないからね」というのがその理由でしたが、いくら石油ストーブが暖まっても、まだまだ部屋は寒くて、その証拠にストーブから離れたところに行って大きく息をはくと、息はまっ白くくもるのでした。

ユダヤ教会ストーブの黒煙

辻《つじ》田《た》克《かつ》巳《み》

このストーブは、きっと石炭か薪《まき》の、「暖炉」という言葉が似合うストーブにちがいありません。マンション生活が長いわたしは、今では暖房といえば、エアコンです。一度でいいから暖炉のある家に住んでみたいという夢もありましたが、まあ掃除嫌いでもあり、暖炉を美しく維持してゆくのは無理だとあきらめました（そもそも暖炉のある家をどうやって手に入れるのだという基本的経済事情は、この際無視）。ネットで調べたら、昔なつかしい円筒形の石油ストーブは、健在とのこと。画面の写真を見たとたんに、実家のストーブの上でしゅんしゅんいっていたやかんの形と色を、ありありと思い出したことでした。

炬《こ》燵《たつ》

先日、一人暮らしをしている若いひとと喋っていて、「少し前までは世に流通していたけれど、すたれつつあるもの」についての話題になりました。

「ｉＰｏｄ、でしょう。ＣＤも、ですよね。それから、ＤＶＤ。あと、紙の地図は、持ってないし」と、若いひと。

え、と驚きました。ｉＰｏｄも、ＣＤも、ＤＶＤも、そして紙の地図も、わたしは今でも大いに活用しています。本のかたちの時刻表もしょっちゅう買うし、知らないお店に行く時には、パソコンでそのお店を検索して、印刷して持ってゆきます。

「あ、カワカミさん、スマホ持ってないんですね」

すぐに、若いひとに、当てられました。そう。わたしはいまだにガラケー（という言い方は嫌いなので、「ガラパゴス式携帯電話」と正式名を書くことにします、という断り文句も今では長くて面倒になったので、最近は素直に「ガラケー」と書くようになりました）を使っているのです。若いひとたちだけでなく、同い年の友だちもいつの間にかスマ

ホを持つようになり、時勢に遅れたわたしは、ラインでの連絡から漏れてしまうため、飲み会の誘いなどもめっきり少なくなりました（ラインのせいではなく、単に誘ってくれる人がもともと少ない、という理由は、ここでは置いておくこととして）。

話の続きで、ネット関係で簡便に手に入るようになったもの以外で、「すたれつつあるもの」として若いひとがあげたのは、炬燵。でも、ＣＤやＤＶＤなどにくらべて、炬燵に関しては、若いひとはかなり、姿を消しつつあることを寂しく思っているようなのです。「エアコンがあるから、いいんじゃないの？」と聞いたのですが、若いひとは首を横に振り、「暖まるためだけじゃなくて、炬燵には炬燵の空間があるんです。あの一種、やる気をすべて削ぐ空間。ぐだぐだになっちゃう炬燵の空間が、ものすごく恋しいです」とのこと。なるほど、炬燵というものは、そういうものですね。

炬燵出ずもてなす心ありながら　高《たか》浜《はま》虚《きょ》子《し》

わかる……。一度入ったら、二度と出られない炬燵。たとえお客が来たとしても。炬燵は魔と快楽の暖房具。せわしない現代にこそ、残しておきたい道具ですよねと、若いひとうなずきあったことでありました。

冬《ふゆ》羽《ば》織《おり》

今回、ほんとうは「はんてん」について書きたかったのです。ところが、歳時記を探しても、「はんてん」は、なかなか見当たらない。それでも、と思ってさらに探すと、「冬羽織」という季語の、派生季語として載せている歳時記がほとんど、といった感じなのです。はんてん、というと、綿のたくさん入った、もこもこの、羽織のかたちはしているけれど、外にはあまり着て出てゆかない、昭和の苦学生が着ていた、というイメージのものである気がします。いっぽうの、主季語である「冬羽織」は、文字どおり、冬に着物の上に着る羽織、つまり、おでかけの時にも着られるしふだんも着る、着ている人のイメージや着ている場面はさほど限定されない、もっと広い意味をもつ季語でありましょう。

なぜはんてんにこだわるかといえば、冬になると、わたしはいつもはんてんを着ているからです。もの書きの仕事は、じっと座っておこなう仕事なので、体はなかなか暖まりません。暖房を強くしすぎると眠くなるし、かといって部屋が寒いと悲しい。それで、はんてん。その昔、まだ学生だった頃も、はんてんを愛用していました。宿題をする時も、試験勉強の時も、何もせずそのへんでうだうだしている時も、いつもはんてんを着ていたものでした。

はんてんは、祖母が用意してくれました。数年着て、ぼろっちくなったはんてんは、綿をぬいて座布団カバーにしたて、次の冬には新たなはんてんを、布団屋さんで買ってきてくれるのです。あれは、嬉しかった。まったくあかぬけない、たいていは赤いごばん縞《じま》の、でもあたたかで安心感のあるはんてん。実家を離れてからは、自分で用意するようになった、はんてん。もしかすると人生で最も頻繁に着用してきたのは、はんてんかも……。

うれしさや着たり脱いだり冬羽織　村上《むらかみ》鬼城《きじょう》

この「冬羽織」は、はんてんよりももう少しおしゃれなタイプのように思いますが、句と同様、今もはんてんを新調すると、嬉しくて何回か脱ぎ着してしまうわたしなのでありました。

おでん

以前、学校時代の友だちが集まった時に、なんとなくおでんのことが話題になったことがありました。それまでは、学友の噂《うわさ》ばなしや、家庭の悩みごとあれこれを、しんみり話していたのです。ところが、おでんの話題に切り替わったとたんに、あれあれ、しんみりしていた場が、とたんに浮き立つではありませんか。「○○さん、病気なんですって」「夫がちょっと鬱《うつ》っぽくて」「うちは、子供とこの半月間、口をきいてないの」などの、軽々しくは応えられない会話に、たぶんみんな、少し倦《う》んでいたのだと思います。

まず最初の論点は、おでん種について。ちくわぶは入れる派、すじ肉やタコは入れない派、大根は面取りをしない派、ぎんなんは楊枝《ようじ》にさすのが正しい派、いやいや竹串にさすのが本流派……。焼き豆腐と木綿豆腐のどちらを入れるのかについては、かなりな言い争いになりました。豆腐など決して入れない、と叫ぶ者もいて。

次の論点は、味つけ。同じ東京の学校に通っていたのに、それぞれの家のおでんの味つけの異なることといったら、驚くべきものでした。かつおと昆布のだし派が一番多いかと思っていたら、数人いたうちのそれはたった二人きりで、あとは、あごだし派、みそ味派、断固として某社のおでんの素を使う派、果ては塩おでんに最近は凝っていて醤油《しょうゆ》なんか古くさいわねと言い放つ派までおり、こちらもまあ、百花繚乱《りょうらん》なのでした。

わたし自身について言えば、おでんの味や種は、年月を経てけっこう変遷を重ねています。二十代の頃は、東京ふうのオーソドックスなかつお・昆布だしの、大根・ちくわぶ・練りもの・じゃがいも入りのもの。三十代ですじ肉に目覚め、四十代はなぜだかおでんよりもポトフ派に転向。五十代の現在は、近所の練りもの屋さんで買ってきた紅生姜《べにしょうが》と枝豆とチーズ入りの三種の練りものを楽しむ、練りもの味中心のおでんをよく作るようになりました。

おでん食ふよ轟《とどろ》くガード頭の上に

篠原鳳作《しのはらほうさく》

家おでんもいいですが、句のようなガード下のおでんも最高です。そして、おでんを食べながら深刻な話はしづらいもの。それこそがおでんのいちばんの素晴らしさかもしれません。

鳰《かいつぶり》

近所の公園の池に、鳰がいます。

鳰。ごく目立たない、鴨よりもずいぶんと小さな茶色い水鳥です。すいすい泳いでいるかと思うと、突然頭から水にもぐり、しばらく出てこない、驚いてじっと見ていると、もぐった場所から離れたところから、また突然浮き出てくる。そんな不思議な鳥なのです。もぐり鳥、と、まだ「かいつぶり」の名前を知らない頃には、勝手に名づけていました。水鳥はさまざまにいて、どれも少しは水にもぐるようなのですが、鳰ほど長くもぐる鳥は、ほかになかったからです。

最初に見た時には、ひどく不安になりました。いつまでたっても、もぐったままだからです。もしかして、水鳥のくせに、溺《おぼ》れてしまったのではないだろうか。または、池の主に引き込まれて、二度と浮かび上がれなくなってしまったのではないか。そんなふうに感じさせるほど、長くもぐったままだったのです。

けれどそのうちに、「あれは長くもぐる鳥」ということがわかってきて、すると反対に、どのくらい長くもぐっていられるかに、興味を持つようになりました。

何回か、測ってみたことがあります。最長で、三十一秒。最短で、七秒。七秒なら、あっという間ですが、三十一秒というのは、かなりな時間です。短い信号の待ち時間くらいは、あります。いつになったら、また上がってくるのかな。えさはみつかったのかな。水の中はどんな感じなのかな。寒くはないのかな。楽しいのかな。ぼんやりと思いめぐらしながら、浮き上がる時を待ちます。

「鳰」は、「にお」とも読み、「鳰の海」は琵琶湖のことをさします。「鳰の湖」というお相撲さんも、います。大きくていい四股名ですよね。

鬱《うつ》の日は鬱を愉しむかいつむり

鈴《すず》木《き》鷹《たか》夫《お》

鬱々としていることを愉しむことは、とても難しいことですが、そんな日には、なるほど、鳰を眺めに行けばいいのかもしれません。あんな小さな鳥が、水の中を縦横に潜水している姿、そして遥かな琵琶湖に何羽も浮かんでいる姿、それらを思えば、少なからず心は慰められることでしょう。

蠟《ろう》梅《ばい》

学生時代、いつも散歩に行く公園に、大人の背丈ほどの灌木《かんぼく》があって、冬になると、なんとなくつくりものめいた、こまかな黄色い花を咲かせるのでした。

その花を「蠟梅」と呼ぶことを教えてくれたのは、下級生の女の子でした。

「知ってます？　とてもいい匂いなんですよ」そう言って彼女は、たたまれたハンカチをポケットから取り出し、そっと広げました。ハンカチの中からは、あの、蠟でできたようなこまかな黄色い花がこぼれ出たのです。

「ほら。蠟梅」女の子は自慢そうに言い、黄色い花をのせたハンカチを、わたしの顔に近づけました。

女の子は、くせっ毛でした。幅の広いヘアバンドをいつもしていて、ほっぺたはばら色。白いブラウスに紺のスカート、それに折り返したくつした、靴は茶色いベルトの革製でした。まるで昔の少女小説に出てくるような子だなと、思っていました。

女の子は、ときおり手渡しで手紙をくれました。まっしろい厚手の便箋に、細字の黒インクで書かれた手紙には、近所で見かけた猫のこととか、買い物に行ったら不思議な髪形をしたおばあさんがいたとか（おだんごが三つ重なった髪形！）、少し前に二重の虹をみたなんていうことが書いてあり、筆無精なわたしは、五通くれたうちの一通くらいに、ごく簡単な返事を出すばかりでした。だって、何を書いたらいいかわからなかったし。

やがて女の子は、引っ越してゆきました。最後にくれた手紙には、あの黄色い花びらが同封してあり、「蠟梅です。もうあんまり匂わないけれど」とだけ、書いてありました。

たぶん、手紙を書くのが好きな女の子だったんだと思います。上級生への淡い思慕、などというものではなかった。何人かの人たちに手紙を書いているのも知っていたし。だから、べつに何かを意識することもなかったはずなのに、なんだかわたしは、彼女が少し苦手だったのです。今思うと、たぶんわたしは彼女の純粋さが、めんどくさかったんだと思います。汚してはいけないもの。そんな感じでした。思春期の、ほんの少し倒錯した、奇妙な感情でしたねえ、あれは。

風往き来して蠟梅のつやを消す

長《は》谷《せ》川《がわ》双《そう》魚《ぎょ》

つらら

東京では、大雪が降るということは何年かに一度あるのですが、東京で一度も見たことのないものが、雪の結晶と、大きなつららです。

はじめて雪の結晶の写真を見た時には、その美しさに驚いたものです。気温がマイナス十五度以下で、かつ湿度の条件がととのった時にできる、とあり、必ず六角形になるというのです。水分子の水素結合の角度が百二十度なので、決して八角形や十角形にはならず、必ず六角形になる、という理由も神秘的です。たまに、東京に雪が降った時に、てのひらに雪を受けてみるのですが、結晶化していたことは、一度もありません。北海道生まれの友だちに聞くと、「雪の結晶を見たことはあるけど、雪おろしが大変なんだから、いくら結晶がきれいでも、雪はあんまりねえ」と、熱意がないことはなはだしいのですが、やはり一生に一回くらいは、雪の結晶の現物を見てみたいものです。

つららのほうは、雪国に行った時にしばしば見ることができます。こちらは、北海道の友だちも、「うん、つららは、けっこう好き。いろんな大きさのつららが軒にさがりはじめると、冬が来たなあっていう気持ちになるのよ」と、比較的好意的です。その友だちが、してくれた話。

——ある日、道を歩いていたら、何かの音がする。最初は遠くで鳴っていた音なのだけれど、どんどん近づいてくる。よく見ると、とても小さなおばあさんが、手の届くところにあるすべてのつららを、棍棒《こんぼう》のようなものでかきおとしている。つららは軒などにさがるものなので、家の庭まで入りこんで落とすことはできないけれど、ともかく可能なつららは、すべて、かきおとすといおうか、たたきおとすといおうか、情熱をこめて地面に落とし続けるのである。音は、つららが地面に達する音なのだけれど、地面といっても、雪が積もっているので、ぽすん、ぽすん、というくぐもった音である。おばあさんは無表情で、自分には目もくれずにすれちがい、その間もつららを落とし続けた……。

さびしく大きいつららをなめて見る　室生《むろお》犀星《さいせい》

つららのおばあさんの気持ちはわかりませんが、犀星の句の気持ちは、わかるような気がします。大きくてさびしいつらら。たしかになめてみたくなります。

探《たん》梅《ばい》

二〇一二年の暮れに、入院して手術をしました。

お腹《なか》を切ったので、退院してからもしばらくは、よろよろとふらつきながら生きていました。手術の翌日から病院内をリハビリで歩いてはいたのですが、なかなか元のようにしゃきしゃきと歩けるようにはなりません。

家に戻ってから、一ヶ月ほど毎日散歩をしました。最初は、ほんの十五分くらい歩くのもこわごわだったのですが、だんだんに時間がのびてきて、しまいのほうは、一時間ほどもゆっくりゆっくり歩きまわれるようになりました。

散歩はもともと好きでしたが、毎日決まった時間――冬のいちばん温かい午後二時ごろ――に歩くというのは、はじめての経験でした。

これは、定点観測だ。そう思いました。

歩いているうちに、好きな場所ができてきます。家から少し行ったところのおうちの庭の夏みかん。いつも白黒ぶちの猫が座っているトクサの茂み。ちょうど日だまりになる古い木のベンチ。そして、中でもいちばん好きだったのは、五分ほど歩いたところにある集会所の小さな庭に植えてある、紅白の梅でした。

毎日見るそれらの場所は、三日単位ほどで、わずかずつ姿を変えるのです。夏みかんは、鳥についばまれたり落ちたりして、減ってゆきます。トクサの猫は、だんだん慣れてきてにゃあと鳴いてくれるようになります。ベンチの日だまりは、位置を変えてゆきます。そして、梅は少しずつほころびてくるのです。

まず紅梅が、そしてやがて白梅が咲き始めたのを発見した時のあの喜びは、今も鮮明です。病後の体が、つぼみがほころびるのと同時に、少しずつ癒えてくるのが、まず嬉しかった。そして、冬の寒さのさなかに、光をまとって梅の花が開くさまも、心強かったのです。

探梅や遠き昔の汽車にのり

山《やま》口《ぐち》誓《せい》子《し》

梅の香が降ってきたあの時、時間がゆらめいたような気がしたのです。弱っている自分を、昔の自分がじっと見守っているような。そんな心地がしたのでした。

春隣

「春隣」と書いて、「はるとなり」と読みます。春を待ちかねる寒い頃よりも、もう少し春が近くなった頃の季感といえばいいでしょうか。

すぐそこまで春は来ていて、その気配があちらこちらに感じられるのです。はんぶん凍っていた小川の流れが、さらさらと軽い音に変わったり。木の芽がふくらんできたり。冷たいいっぽうだった風が、ほんの少しだけ何かの匂いをふくむようになったり。窓越しにさす日の光が、前よりも力づよくなったり。

でも、まだ春じゃない。

その感じが、好きです。

やがて来る柔らかなものを待つ、安心感。けれど、どこかたよりない心細さも少しあって。

小さい頃からわたしは、楽しい時そのものよりも、その時を待っている間のほうに、心はずみを感じることが多かったのです。

たまの日曜日の、「おでかけ」までの日々は、なんて長く待ち遠しかったんでしょう。

何の電車に乗っていくんだろう。たぶん行き先はデパートだろうな。服は、赤いつりスカートかしら。靴は、いつものズックじゃなくて、一張羅のエナメル（実際にはビニールの光ったやつ）だといいな。

いくつもの思惑をかかえて、週の後半くらいから胸がどきどきしていました。

実際にでかけてみると、電車は混んでぎゅうぎゅうだし、よそいきの靴はかかとにあたって痛いし、ぐずぐず歩いていると叱られるし、デパートのお子さまランチはおいしかったけれどプリンアラモードまでは頼ませてくれなかったしで、予想していたほどの全き幸福感は得られなかった、ということがほとんどでした。

たぶん、期待が大きすぎたのです。

春には、そんな期待はもちません。毎年くるものだから。そして、自然に何かを期待しすぎてはいけないと、もう知っているから。その淡くはかない期待こそが、春を待つ心そのものであるにちがいありません。

春隣待たれて釦《ぼたん》つけてをり

林《はやし》　明子《あきこ》

新年

飾《かざり》

お正月に、玄関にかざる「お飾」を、季語では、多くの場合「お」をつけない「飾」として使います。もちろん「お飾」でもまったくかまわないのですが、俳句はたったの十七音の詩。一文字でも少ないほうが、言えることが多くなるので、いきおい「お」を加えない方向へ行くのだと思います。

まだ実家にいた頃、すなわち昭和のなかばから昭和後半くらいまでは、十二月の末ともなればどの家も必ず玄関に大きなお飾をさげ、家の部屋にもウラジロをあしらい、車がある家は、車の前方のはなづらに、ぺらぺらした車専用のお飾をくくりつけたものでした。

三十一日に飾ることを一夜飾と言い、これは避けたほうがいいのです。二十九日に飾るのも、「九」という数字がよくないので、避ける。それならば、間の三十日に飾りつけるかといえば、せっかくのお飾なのでもっと早くから用意したい、二十七日、二十八日あたりにはさげたいものだ、といつも母は言っていました。

玄関飾りの橙《だいだい》の上にひょんと乗っている、あの赤い派手な海老が、わたしはなんだか好きなのです。あの、少しばかりイカモノ的なところが。子供が小さかった頃、小学校でのどんど焼きの係になったのですが、火にくべる時、お飾の海老は、燃えないゴミとして分別しなければならない部分でした。どんど焼きが終わると、残るのは、うずたかく積まれた大小の海老と、小さな達磨《だるま》（橙の上に乗るのは海老だけだと思っていたのですが、たまに達磨の場合もあったのです）たち。焼かれることもあたわず、不燃ゴミとしてまとめて捨てられた海老と達磨のあわれを、今もときおり、思います。

このごろは、正月にお飾を玄関先につるす家は、ずいぶん減りました。去年ひそかに近所を歩いて確かめたのですが、十軒に一軒くらいしか飾っていなくて、なんとなく、がっかり。あのべかべかした海老が好きなわたしは、近所の鳶《とび》の親方の家で作って庭先で売っているお飾を必ず買い求め、二十八日に飾ります。買うと、鳶の親方の奥さんが、火打石《ひうちいし》をたたいて、お飾を清めてくれます。かちかち、という音を聞くと、ああいよいよ新年が来るのだなと、気分が浮き立つのです。

輪飾に海の日の来てあたりけり

久《く》保《ぼ》田《た》万《まん》太《た》郎《ろう》

去年《こぞ》今年《ことし》

去年今年貫く棒の如きもの　高浜《たかはま》虚子《きょし》

有名なこの句について、みんなで考えてみる。そういう飲み会をしたことがあります。

そもそも、俳句をつくりはじめてすぐの頃は、「去年今年」と書いて「こぞことし」と読む、その季語の意味も知りませんでした。歳時記を開くと、「一夜が明ければ、きのうは去年であり、今日は今年である。忽《たちま》ちのうちに年去り年来る、時の急速な歩みにたいして深い感慨を覚えずにはいられない」とあります。

うーん、まあ、感慨はあるけれどねえ。つぶやきながら、「去年今年」を使ったものとして挙げてある例句を眺めてみても、なんだかぴんときません。その中で、燦然《さんぜん》と存在感を主張しているのが、虚子のこの句なのでした。

「棒って、いったい何？」「太いよねえ、たぶん」「長さは？」

俳句初心者たちで集まって、ああでもないこうでもないと論議しました。なにしろ飲み会ですから、論議といっても、脱線したり話が飛んだり、そもそもの議題をすっかり忘れたりで、結局虚子の言う「棒」がいかなるものなのかという結論が出たかどうかも、覚えていません。ただ一つ印象に残った話があって、それはRくんの語ってくれた、こんな話なのでした。

――小さい頃、大晦日《おおみそか》の町を歩いていたら、棒のようなへんなものが落ちていた。拾ってみると、それはプラスチックでできた何かだった。よく観察すると、どうやら「腕」らしい。筋肉のついた二の腕、こぶしを握ったてのひら、手首にはいかつい腕輪をしている。安っぽい肌色のそれを、Rくんは部屋に持ちかえって、押入れにしまった。そのまま、今もある――。

「腕」は、ほんの十五センチほどの長さで、おそらく人形か何かの一部だろうと、Rくんは笑っていました。大晦日の町で拾ったその棒状の腕、「去年今年」をつらぬくものの一種とはとても思えませんが、いまだに「腕」を捨てられないRくんの気持ちも、わかる気がしたものです。今年の大晦日も、「棒の如きもの」は、どこかでどっしりと新年を待ち構えているのでしょうか。

歌《か》留《る》多《た》

「すごく面白い長篇マンガがあるの」というメールを、友だちからもらった時に、まずい、という予感がしました。何を隠そう、わたしはものごとに「はまりやすい」体質です。おまけに、大のマンガ好き。いったんはまってしまうと、読み終わるまでやめることができず、寝不足・家事のとどこおり・原稿遅れを引き起こすこと必至なのです。

よかったね、というそっけない返事を出して通り過ぎようとしたのですが、その友だちは、友だちのなかでもことに親切な人で、翌週にはかの「面白い長篇マンガ」をわたしに貸すために、宅急便で全巻送ってくれてしまったのです。

はまりました。『ちはやふる』。高校競技カルタ部が舞台の、少女マンガです。友情、恋愛、スポ根、成長。ああ、長篇マンガの滋味すべてが含まれているではありませんか。競技カルタ、というものの存在は知っていたのですが、その実態は知りませんでした。けれど『ちはやふる』を読んだ今、わたしはすっかり競技カルタに詳しくなりました。札は五十枚しか使わないこと。競技会の読み手になるにも資格がいること。競技カルタ界特有のいいまわし、「感じがいい」「感じが悪い」の独特な意味（わからない方、ぜひマンガを読んでみてください）。

一見、地味な競技です。でも、マンガを読んでゆくうちに、競技カルタって、なんて面白いんだろう、ということがわかってくるのです。

なんだかこれは覚えのある感覚だなあ、と思いました。あっ、と思い当たりました。そうです。俳句を始めたばかりの頃と、同じ感覚だったのです。「俳句やっています」と、人に言うと、「古くさいのね」という視線を受ける、でも句会の内実は、熱くて、わくわくさせられて、思っていたよりもずっと現代的で、実際にやってみると、ともかく夢中になってしまう。そういう感じが、『ちはやふる』のカルタ部のめんめんには満ちあふれていたのです。

歌留多読む息づき若き兄の妻

上《うえ》村《むら》占《せん》魚《ぎょ》

競技カルタの創始者は、黒岩涙香《くろいわるいこう》だとか。『ちはやふる』は、まだ完結していません。新刊が出るたびに登場人物に入りこんで一喜一憂し、全巻を再び読み返し、寝不足その他を繰り返す日々、黒岩涙香に、感謝と少々の恨みをば、捧げたく思います。

福寿草

生まれてはじめて俳句をつくったのは、いつだっただろうかと、この前ふと思いました。今の小学校の教科書には「俳句」の単元があると聞きますが、わたしの頃は、俳句は中学校の教科書ではじめてあらわれたという記憶があります。だから、もしつくったとしたら中学生の時のような気もするのですが、でも、小学生の時に、たしかに俳句をつくったことがあった。それだけは、覚えているのです。で、このエッセーを書くために歳時記をぱらぱらめくっていたら、思いだしました。

はじめての作句は、お正月に「福寿草」を詠んだものだった！

このように書くと、なんとみやびな小学生かとお思いになるかもしれませんが、それは違います。あの時は、突然父が――「福寿草」とつければ、なんでも新年の俳句らしくなるのである、今日はお正月なのだから、家族みんなで「福寿草」で始まる句をつくるべし――と言いだしたのです。

俳句なんてつくったことのなかったわたしは、びっくりしました。すでにお屠蘇《とそ》気分になっていた父は、どんどん「福寿草」の句を詠みはじめます。福寿草今日はお天気うれしいな。福寿草今年はどんな年かいな。福寿草すべってころんで大変だ。……俳句、なめとんのか？　というようなしろものでしたが、小学生特有の、あの「くだらないものほど可《お》笑《か》しい」ツボにはまり、その日わたしは、父に続いて二十以上の、しんそこどうでもいい福寿草の句を、ばかみたいに大笑いしながらつくり続けたのでした（もちろんその中には、小学生特有の尾籠《びろう》な句がたくさん含まれていました）。

それから約三十年近く。あらためて俳句にとりつかれるまでは、一句も俳句などというものをつくろうとこころみたことはなかったのですが、もしかすると、あまりに「福寿草」でつくった自分の句がくだらなくて、トラウマになっていたのか?!

ちなみに、父のほうは、その年以来、干支《えと》にちなんだ川柳を年賀状に印刷するようになりました。季語のある俳句が、結局あわなかったのか、それとも、父にとっても、あのわたしの噴出するくだらない俳句が、トラウマになったのか……。

何もなき床に置きけり福寿草

高浜虚子

初《はつ》鴉《がらす》

家のまわりに、鴉がたくさんいます。

ある朝、賞味期限を過ぎてしまったコーヒーフレッシュをゴミの中に入れて出したところ、鴉がかぎつけ、十ほどあったあの小さなカップのすべてに穴をあけ、きれいに吸いつくしていたことがありました。

むきだしで出したのではなく、ふつうのゴミ袋の中にまぜて出したにもかかわらず、鴉たちはしっかりとかぎつけ、ゴミの中からあのカップだけをさぐりだし、ひっぱりだしたのです。このあたりの鴉は、なんて利口なんだ！　と、びっくりしました。それからも、たとえば家の柿がよくなった年、鴉に取られまいとまだ熟《う》れていないうちにほとんど全部を収穫してしまった時には直後にものすごい勢いでかあかあ鳴いて訴えられましたし、もちろんゴミの日には、巡回係の鴉たちが、さまざまな鳴きかたで毎回かあかあ鳴きかわして、どうやらどこにどんなゴミがあるかを伝えあっているようですし、ともかく、団結力もすごければ、頭脳の力もすごい。

「初鴉」、という季語は、元旦に鴉を見たり鳴き声を聞いたりした、その鴉のことをさします。元日の朝まだきにも、うちのへんの鴉たちは元気に鳴きかわしているのですが、さきほど、いやによく鳴いているなあと思って玄関から顔を出し、あたりを見まわしたところ、内側から玄関の鍵をまわしたとたんに、鴉たちはばさばさ、という羽音をたて、去りました。で、ふたたび扉を閉めてしばらく気配を消していると、またやってくる。いったい何のためにこんなお正月から、と、玄関周辺を念入りにパトロールしたら、なんとまあ、玄関のお飾りについている橙を、鴉たちはつついて食べているのでした。

初がらす鳴くよあしたの雪はれて

室《むろ》積《づみ》徂《そ》春《しゅん》

「あした」というのは、「朝」のことです。朝に降っていた雪がもう晴れて、鴉が鳴いている。のんびりした、いいお正月です。古来、元旦の鴉は、神鴉といって喜ばれたそうです。鴉を嫌うむきもありますが、私はあのかあかあ鳴くやつらが、けっこう好きです。橙だって、最後はどんど焼きにくべてしまうのですから、どうぞ存分に食べてくださいと、このお正月も、率先して鴉たちに伝えたいくらいです。

七草

子供は、「そらんじる」ということが好きな生きものです。東海道線の駅全部をそらんじる、だの、日本の歴代の天皇の名前をそらんじる、だの、世界の国の国旗を全部覚える、だのということができる子供が、昔はどの学校にも、必ず一人くらいいたものでした。娯楽の少ない昔だったから、かもしれませんけれど。

わたしは記憶力が悪いので、「そらんじる」に関しては、春の七草を覚えるくらいが、せいいっぱいでした。でも、七草という台所くさいものについて知っている子供は、あんがい少なくて、友だちの前でそらんじてみて感心され、内心かなり得意だったという記憶があります（ふだんあまり感心されたことがなかったので、ますます得意だったもよう）。

お正月の七日に七草がゆを食べるのは、ごちそう疲れの胃を休めるためだ、と聞いたことがあります。なるほど、重箱に詰められたごちそうもそうですが、お餅、というものがそもそも、ふつうのうるち米にくらべてカロリーの高いもち米を使ってつくるものなのですね。

これも、昔の話ということになってしまうのでしょうが、お正月には、お正月の食べものをみんなが食べていました。おせち料理など作らず、元日の朝も、ふだんどおりトーストとコーヒーの朝食、などという家庭は、非常に稀《まれ》でした。三が日が終わったころに、カレーを作って食べる、という、今ではごくふつうであろう行為も、昔は冒瀆《ぼうとく》的なものだったような気がします。ともかく、松が明けるまでは、おせち、またはおせちの残りを、せっせと食べつづけ、おせちが終わったとしても、多量のお餅を毎日消費しつづけたものだったのです。

そこへ、七草がゆが登場。さっぱりとしたおかゆの中にあるのは、緑色のみずみずしい若草。お正月は楽しいけれど、楽しさもきわまると一種の苦しさに転じる、そこにようやく日常が戻ってきた、やれやれ、という感覚と共にわたしたちは七草がゆを食べたのです。

せり・なずな　以下省略の粥《かゆ》を吹く

池田政子

この句を見て、久しぶりに七草をそらんじてみました。たしかに、せり・なずな、の次は、口ごもってしまい、「以下省略」と言いたくなってしまいますね。昔はあんなにすらすらとそらんじることができたのになあ……。

川上弘美《かわかみ・ひろみ》

1958年東京生まれ。1994年「神様」で第1回パスカル短編文学新人賞を受賞しデビュー。この文学賞に応募したパソコン通信仲間に誘われ俳句をつくり始める。句集に『機嫌のいい犬』。小説「蛇を踏む」（芥川賞）『神様』（紫式部文学賞、Bunkamuraドゥマゴ文学賞）『溺レる』（伊藤整文学賞、女流文学賞）『センセイの鞄』（谷崎潤一郎賞）『真鶴』（芸術選奨文部科学大臣賞）『水声』（読売文学賞）『大きな鳥にさらわれないよう』（泉鏡花賞）などのほか著書多数。2019年紫綬褒章を受章。

わたしの好きな季語

2020年11月20日　第1刷発行
2022年12月20日　第7刷発行

著　者　川上弘美

発行者　土井成紀
発行所　NHK出版
〒150-0042
東京都渋谷区宇田川町10-3
TEL. 0570-009-321（問い合わせ）
TEL. 0570-000-321（注文）
ホームページ https://www.nhk-book.co.jp

印　刷　亨有堂印刷所・大熊整美堂
製　本　ブックアート

乱丁・落丁本はお取り替えいたします。
定価はカバーに表示してあります。

Printed in Japan　ISBN978-4-14-005714-8 C0095
日本音楽著作権協会（出）許諾第2007775-207号